TENGO UN SECRETO

Blue Jeans

TENGO UN SECRETO
El diario de Meri

Planeta

Obra editada en colaboración con Editorial Planeta – España

Ilustraciones de interior: © Anastasiya Zalevska / Shuterstock

© 2014, Francisco de Paula Fernández
© 2014, Editorial Planeta, S.A. – Barcelona, España

Derechos reservados

© 2015, Editorial Planeta Mexicana, S.A. de C.V.
Bajo el sello editorial PLANETA M.R.
Avenida Presidente Masarik núm. 111, Piso 2
Colonia Polanco V Sección
Deleg. Miguel Hidalgo
C.P. 11560, México, D.F.
www.planetadelibros.com.mx

Primera edición impresa en España: noviembre de 2014
ISBN: 978-84-08-13349-0

Primera edición impresa en México: enero de 2015
ISBN: 978-607-07-2467-1

Impreso en los talleres de Litográfica Ingramex, S.A. de C.V.
Centeno núm. 162-1, colonia Granjas Esmeralda, México, D.F.
Impreso en México – *Printed in Mexico*

Para todos los que alguna vez
se han sentido Incomprendidos

15 de septiembre

Te tenía abandonado. Hacía varias semanas que quería sentarme delante de la computadora y contarte lo que sentía. Pero unas veces por falta de tiempo, otras por falta de compromiso, me terminaba rindiendo y dejaba pasar la ocasión. Pero hoy no. Hoy he decidido continuar hablándote de mí. De lo que siento. De ese cosquilleo que invade mi estómago cada vez que tengo algo que contarte. Tenía ganas de teclear mis pensamientos como hacía antes. Escribir desahoga, te da valor. Al menos a mí, que sigo siendo una tonta introvertida y me cuesta expresarme.

Ya lo sabes, mi secreto fue revelado. Ahora todos se han enterado de quién y qué soy. Fue una gran liberación personal y un alivio insuperable. Pero ¿quién no se guarda algo para sí mismo? Siempre existen secretos. Siempre. Todos tenemos algo que ocultar. Así que, aunque desvelé el mayor de ellos, ahora vuelvo a esconder un pedacito de mi historia en un baúl invisible cerrado con llave. Una llave que sólo yo sé dónde está guardada, que sólo yo puedo encontrar.

Bueno, para ser sincera, no sólo yo. Hay alguien más...

El amor es tan complicado. En unos meses puedes pasar por todos los estados inimaginables. Puedes querer a alguien y no ser correspondido. O justo lo contrario. En ambos casos hay dolor. Se siente uno mal. Esa persona, la otra, no siente lo mismo que tú, en cualquiera de los dos sentidos del camino. Y sin embargo, está ahí. Existe. La ves, hablas con ella. Aguantando ese dolor interno por el rechazo o sintiéndose culpable por no querer de la misma forma. Sólo el tiempo cura ese mal. Y, a veces, ni siquiera el tiempo es antídoto y el dolor dura para siempre.

Pero ¿y cuándo el amor es correspondido?

Cuando el amor es correspondido, todavía es más complicado. Y duele igual o más. Aparecen los celos, las tentaciones, los malentendidos..., las dudas. ¿Seguirá sintiendo lo mismo? Y yo, ¿siento lo mismo que el primer día?

Cuando las dudas se apoderan de ti, el amor que era correspondido se transforma en preguntas. Decenas de preguntas que quizá no tengan respuesta.

Ni los besos saben igual de un mes para otro.

Sin embargo, y a pesar de todo, las ganas de querer persisten. Aunque sólo vivas de los recuerdos. De esos recuerdos que serán eternos hasta que vengan otros recuerdos que los sustituyan.

Me está pasando a mí, pero no soy ni seré la única.

CAPÍTULO 1

Empezamos de nuevo. Vuelta a la rutina. Quería dejarlo todo zanjado antes de regresar a las clases, pero fue imposible. No me atreví. No fui capaz de decirle que ya no era como antes. Que la seguía queriendo, pero no de la forma en la que se quiere a alguien a quien amas con los cinco sentidos. ¿Por qué era tan cobarde?

—¡Hola, pelirrojita!

Cuando sentí sus labios en los míos confirmé una vez más lo que ya sabía. El amor, ese amor de hormigueo en el estómago y temblor de rodillas, se había esfumado. Ya no estaba ahí. ¿De quién era la culpa? ¿De ella? ¿Mía? Posiblemente, de ninguna de las dos. Son cosas que pasan a diario. Cosas que ocurren a muchas personas. Sientes y dejas de sentir. Ya está, sin más explicaciones. Y es que nadie controla lo que su corazón decide.

—Hola, guapa. ¿Cómo has dormido? —le pregunté a Paloma, como si no pasara nada.

—No he pegado ojo en toda la noche. Estaba muy nerviosa.

—¿Y eso? ¿Por qué?

—¡Una no cambia de escuela todos los días! —gritó ella abrazándome y apoyando su cabeza en mi hombro—. ¡Y menos si ese cambio es a la escuela en la que estudia tu novia!

Novia. Seguíamos siendo novias. Nadie había dicho hasta ese momento lo contrario. Ni había indicios ni pistas de que fuera a ser diferente.

—¡Ey! ¡Chicas! ¿Cómo están?

La voz de Ester llegó a nuestra espalda con la alegría de siempre. Cuando nos giramos la vimos más bronceada que nunca, preciosa, con su flequillo en forma de cortinilla tapando su frente morena. Arrugaba la nariz al sonreír. Durante el último mes no nos habíamos visto demasiado. Ella lo había pasado en casa de sus abuelos en algún lugar de la Costa del Sol y yo entre Madrid y Barcelona. Al menos, las dos habíamos logrado aprobar las asignaturas que reprobamos en junio. También Raúl y Valeria lo habían logrado. Y un año más los Incomprendidos compartíamos curso: el último curso antes del paso a la universidad.

—¡Muy contenta de estudiar en el mismo sitio que ustedes! —exclamó Paloma lanzándose sobre ella y abrazándola cariñosamente—. ¡Va a ser un año increíble!

Aunque no íbamos a compartir salón, porque

tiene un año menos, Paloma finalmente convenció a sus padres para inscribirse en nuestro colegio. Tras insistirles hasta la saciedad, su deseo le fue concedido. También el mío, si retrocedíamos unas cuantas semanas. Pero ahora... Ahora tenerla tan cerca no parecía lo más conveniente. No iba a ser sencillo verla tanto, a todas horas, sin explicarle lo que sucedía. Aunque si se lo contaba sería peor.

Me sentía mal, pero tenía que decirle lo que sentía.

—Me alegro de verte tan contenta.

—¿Cómo no iba a estarlo? ¡Es un sueño hecho realidad!

Que yo convertiría en pesadilla si le hablaba de mis sentimientos hacia ella. De ese cambio que había experimentado en las últimas semanas.

Otra vez sentí su boca rozar la mía ante la atenta mirada de Ester, que sonreía de oreja a oreja.

—¡Qué bonito es el amor! —exclamó ella suspirando—. Ya me gustaría a mí encontrar algo tan increíble como lo que tienen ustedes.

—Tú podrías estar con el chico que quisieras y tener la más maravillosa historia de amor del mundo.

—No es tan sencillo, Paloma.

—Claro que lo es. Lo único que debes hacer es darle una oportunidad a...

En ese momento, un chico no demasiado alto, vestido con una sudadera roja y unos pantalones cortos de mezclilla azul, llegó hasta nosotras. Él no había ido a la playa en todo el verano y estaba blanquito como un vaso de leche. Bruno se había cortado el pelo de una manera peculiar, acumulando gran parte del flequillo en la zona izquierda de su frente. Estaba raro, aunque seguía siendo el mismo Bruno de siempre.

—¡Corradini! —chilló mi novia en cuanto lo vio. Y estuvieron abrazados casi medio minuto.

Durante los meses de verano, Paloma y Bruno se habían hecho muy buenos amigos. Sobre todo gracias a las largas conversaciones de WhatsApp entre ambos. Ella me decía que la comprendía. Que sabía qué decir para hacerla sentir mejor. Poco a poco, sus problemas habían ido desapareciendo. Y eso me hacía respirar tranquila porque todos la pasamos muy mal cuando descubrimos que se autolesionaba. Por ese motivo, tenía miedo de revelarle la verdad. ¿Y si recaía? Nunca me lo perdonaría. Las sensaciones hacia ella eran diferentes, pero le seguía teniendo un gran cariño. Pero era un cariño diferente; mi amor había cambiado.

La vida te lleva por caminos insospechados.

—¿Cómo están, chicas? —preguntó Bruno tímidamente.

—Bien. ¿Y tú? ¿Ya funciona tu celular?

—No ha dejado nunca de funcionar, Ester.

—Ah. Como no respondes mis mensajes...

—No me ha llegado ningún mensaje tuyo.

—Ajá.

La tensión entre los dos se podía cortar con un cuchillo. ¿Motivo? Un fanfarrón peinado como Harry Styles, de los One Direction. Samuel, Sam como él se hace llamar, se había cruzado de nuevo en el camino de Ester. Fue en agosto, en la playa. Ella estaba tumbada en la arena leyendo *Bajo la misma estrella* y justo a su lado se sentó un tipo que le resultaba familiar. Pronto se descubrieron el uno al otro y lo que comenzó siendo un simple coqueteo acabó por convertirse en un amor de verano. Evidentemente, esto a Bruno no le hizo ninguna gracia cuando se enteró. Porque todos sabemos lo que él sigue sintiendo por Ester... Aunque lo niegue rotundamente.

Lo de esos dos parece la historia interminable.

—No discutan, chicos —dijo entristecida Paloma abrazándome por la cintura—. ¡Celebremos el primer día de clases con una sonrisa!

A pesar de que ninguno de los dos sonrió más, las aguas se calmaron y Bruno y Ester no volvieron a dirigirse la palabra.

Paloma y yo nos despedimos antes de entrar en clase. Me ruboricé cuando me besó delante de mis compañeros de segundo de bachillerato. Quizá alguno se enteró por fin de mi homosexualidad tras aquel beso. Me di cuenta de la cara de sorpresa de varios de ellos y de la sonrisilla pícara de otros. Sinceramente, me daba lo mismo lo que pensaran. Tenía otras cosas más importantes de las que preocuparme.

—¡Chicos, aquí! —gritó al vernos una joven alegremente haciendo aspavientos desde la última fila le asientos de la clase.

Valeria estaba muy cambiada tras el verano. Con los nervios de lo sucedido en aquella estación, había adelgazado bastante y había decidido teñirse el cabello de rubio, que le había crecido casi hasta el final de la espalda. Raúl a su lado también hacía gestos para que acudiéramos hasta ellos. Nos habían guardado tres bancas en la esquina de la parte derecha del aula.

Sonreían felices. Los dos seguían formando esa pareja perfecta que da la impresión de que será para siempre. Ambos se habían tenido que esforzar mucho para aprobarlo todo y pasar de año. Sacrificaron el verano, sin playa, sin piscina, con muchas horas en la casa de uno y de otro frente a los libros. Hincaron los codos y estudiaron como nunca antes lo habían hecho. Y tanta entrega, tanto empeño tuvo su merecida recompensa.

—Otro añito más, pelirroja —señaló Raúl tras darme dos besos en la mejilla.

—El último.

—Sí, el último. Esto se acaba.

Al pronunciar aquellas palabras me hizo recordar todo lo que habíamos pasado en aquellos años juntos. Como si estuviera viendo una película de momentos importantes de nuestra estancia en la escuela. Habíamos vivido tantas cosas. De todo tipo, alegrías y penas. De alguna manera, sentía nostalgia por el pasado. Por aquellos años en los que éramos más que un simple grupo de amigos.

—Bueno, chicos. Intentemos que éste sea un gran año. Un gran último año —intervino Val. Y a continuación sacó algo de debajo de la mesa que nos sorprendió al resto.

—No lo puedo creer. ¿Te la han comprado?

—¡Sí! ¡Por fin!

Lo que mi amiga sostenía entre sus manos era un casco de moto blanco, adornado con un corazón alado.

—Ahora ya no tendré que venir andando —bromeó Raúl, arrebatándole el casco a su novia.

—¡Eh, tú! ¡Que la moto es mía!

—Pero la compartiremos. ¿Verdad?

La mirada de uno se perdió en la del otro. Como si sólo existiesen ellos dos en aquella aula ya repleta de estudiantes vociferantes. Valeria suspiró, asintió y se dieron un beso en los labios.

—Váyanse a un motel —protestó Bruno, apartando la mirada y sacando un cuaderno de su mochila.

Me encantaba ver a Val y a Raúl tan felices. No lo habían pasado nada bien y que continuaran juntos tras los innumerables giros del destino era la prueba de que se querían mucho. Se querían de verdad. En cierta manera, sentía un poquito de envidia. Yo había tenido algo parecido con Paloma hasta hacía unas semanas y no había sabido conservarlo. Me daba rabia y sentía algo de impotencia. Ella no se merecía a alguien como yo, sino a alguien mucho mejor.

—¿Estás bien, Meri? —me preguntó Ester, en voz baja, inclinándose sobre mí.

—Sí —respondí seca.

—¿De verdad? Te noto rara.

—No es nada, en serio.

—¿No es nada? Eso significa que hay algo.

—Bueno...

—¿Qué pasa? Sabes que puedes confiar en mí. Cuéntamelo.

—Yo...

La insistencia de mi amiga me hizo dudar. Quizá si le decía lo que pasaba podría desahogarme y ver las cosas de otra manera.

—¡Buenos días, alumnos! ¿Cómo han pasado el verano? El mío ha sido horrible. No hay quien soporte el Caribe —ironizó el profesor de matemáticas, mientras dejaba una carpeta amarilla sobre la mesa.

La confesión a Ester tendría que esperar a un momento más adecuado. La clase comenzaba. Aunque antes sucedió algo que no me podía haber imaginado jamás. Algo que me costó varios segundos asimilar. Una despampanante chica morena con un vestido blanco inmaculado entró por la puerta del aula. La conocía. Sabía de quién se trataba. Ella me miró a los ojos y sonrió. También sabía perfectamente quién era yo. ¿Cómo no iba a saberlo después de aquel día?

CAPÍTULO 2

Faltaban quince minutos para que mi tren partiera de la estación de Sants de Barcelona rumbo a Madrid. Corriendo lo más deprisa que mis piernas me permitían, jalando la maleta con todas mis fuerzas, pensaba que no llegaría. Aunque mi padre tenía una opinión diferente.

—¡Tranquila, María! ¡Hay tiempo de sobra! —gritaba mientras intentaba alcanzarme.

—¡El control lo cierran cinco minutos antes!

—Y quedan... trece minutos para que salga el tren. ¡Vamos genial!

—Papá, tú siempre tan optimista.

Y yo tan negativa. Lo cierto es que llegué a tiempo. Hasta me sobraron un par de minutos para despedirme de mi padre, colocar la maleta en el portaequipajes y respirar profundamente. Era el final de mi estancia en Barcelona durante el mes de agosto. Mi padre y Mara se habían empeñado en que pasara unos días con ellos en la Costa Brava, donde habían reservado sus vacaciones. Al principio, no me gustó demasiado la idea, pero terminé aceptando que aquello no estaba tan mal. Viene bien desconectarse de vez en cuando de tu realidad diaria. Esa realidad que poco a poco me había ido consumiendo por los acontecimientos vividos últimamente y que, sin duda, me habían afectado en lo personal. No estaba demasiado bien. A pesar de que nadie se había dado cuenta. Ni siquiera Paloma, con quien hablaba todos los días varias veces por teléfono o a través de Skype. Ella no podía imaginar lo que pasaba por mi cabeza y mucho menos lo que estaba dejando de sentir mi corazón.

Me dirigí a mi asiento y resoplé. Eché un vistazo al teléfono y comprobé que tenía un mensaje de WhatsApp de mi novia. Un mensaje cariñoso, cargado de sentimiento, en el que decía que me extrañaba y que estaba deseando verme para abrazarme y darme millones de besos. Le respondí más o menos lo mismo, disimulando que no ocurría nada, aunque mis deseos no eran tan intensos como los suyos. Y es que aquellos días alejados de ella me habían permitido averiguar que el amor se puede apagar cuando menos te lo esperas.

—Perdona, ¿me dejas pasar? Voy sentada ahí —me indicó una chica alta y morena, que se había detenido junto a mí.

Me levanté y la dejé pasar. Se acomodó rápidamente en su asiento, pegado a la ventanilla y se puso unos audífonos de color rosa. La música estaba tan alta que pude identificar inmediatamente a Demi Lobato cantando su *Made in USA*. Intenté no prestarle demasiada atención, terminé la conversación con Paloma y saqué mis apuntes de Filosofía, la única asignatura que había reprobado en junio. El examen lo tenía en dos días y había mucho que hacer. El tren se puso en marcha e intenté concentrarme en el «maravilloso» mundo de los presocráticos.

El traqueteo suave del vagón y lo insípido del temario terminaron por dormirme. Cerré los ojos y caí en un sueño plácido.

—Oye, tú —escuché de repente—. ¡Oye!

Abrí los ojos y la vi. Era la chica morena que estaba sentada a mi lado. Tenía su rostro frente al mío. Pude comprobar lo guapa que era. Sus ojos marrones enormes poseían un brillo especial. Y sus labios, pintados de un tono rosa pálido, resultaban de lo más apetecibles.

—¿Sí?

—¿Me das permiso, por favor? Tengo que ir al baño.

—Claro. Perdona.

—Muchas gracias.

Me volví a levantar y permití que saliera de su asiento. Cuando se alejó por el pasillo no pude evitar observar lo bien que le quedaban los shorts de mezclilla ajustados. Aunque en seguida me sentí culpable y me senté de nuevo, desviando la mirada hacia la ventanilla. No soy ese tipo de personas que no se pierden ni un detalle de todo lo que se mueve.

Moví la cabeza de un lado para otro y me centré de nuevo en los apuntes de Filosofía. Afortunadamente, sólo debía examinarme de esa asignatura en septiembre. Podría haber sido mucho peor, tal como sucedieron las cosas en junio. Cuando la cabeza está ocupada en otros asuntos, es muy difícil concentrarse en otros asuntos. Especialmente, en exámenes. Mis notas bajaron considerablemente, pero salvé la situación.

A los pocos minutos de haberse marchado, mi compañera de viaje regresó. En esa ocasión no hizo falta que me pidiera paso ni permiso para pasar. Me incorporé una vez más y ella se situó en el asiento de la ventanilla.

—¿Problemas con Filosofía? —me preguntó por sorpresa.

—¿Qué?

—Reprobaste Filosofía, ¿no? —insistió—. O reprobaste, o eres una chica muy rara.

—¿Por qué dices eso?

—Nadie de nuestra edad, en su sano juicio, estaría leyendo algo sobre los presocráticos voluntariamente.

En eso tenía razón. Si no es por obligación jamás habría puesto interés en nada por el estilo. Es más, ni siquiera sabría quiénes son los presocráticos. Aun estudiándolos no estaba muy segura de lo que aportan.

—Es la única que he reprobado —contesté ruborizada, algo que ella notó.

—No te preocupes. Yo he quedado a deber cinco asignaturas.

—¿En primero?

—No. En segundo. Así que me he quedado sin hacer el examen de selectividad.

—Lo siento.

—No tienes nada que sentir. Si no he aprobado, ha sido porque no he estudiado nada —reconoció, al tiempo que se recogía el pelo con una liga—. No ha sido un año fácil para mí. Demasiados cambios.

Cambios. Esa palabra me sonaba conocida. Si yo le contara a esa chica mi vida en el último año, sabría lo que son cambios.

—A veces, las cosas no salen como uno pretende que salgan —señalé sin querer ponerme demasiado intensa—. Aunque siempre se presenta una segunda oportunidad para todo.

—Bah. Eso solamente es una frase hecha, sin ningún rigor. Una frase vacía que has escuchado o has leído por ahí.

Y sin decirme nada más, se puso los audífonos y desvió su mirada hacia el paisaje despreocupándose de mí. Como si yo no estuviera o no fuera lo suficientemente importante como para continuar hablando conmigo. Aquello me fastidió. No sé muy bien por qué, pero me molestó su actitud prepotente. Esa chica había sido agradable hasta ese instante y, sin embargo, había terminado tratándome con arrogancia. Como si los cambios en su vida hubieran sido más complicados que los míos y sus palabras fueran dogma. Todo lo que tenía de guapa también lo tenía de insolente.

Estuve tentada de responderle, de explicarle que aquélla no era forma de tratar a alguien. Pero no lo hice. Mi timidez lo impidió. Así que volví a los presocráticos e intenté olvidarme de aquella chica.

El tren continuó su camino hacia Madrid, a más de trescientos kilómetros por hora. Buscaba aislarme del mundo. Hasta me coloqué los audífonos que dan en el tren y puse la música a todo volumen, a pesar de que no era de mi gusto. Todo por no pensar en la presuntuosa que tenía a mi lado. Sin embargo, no podía evitar mirarla de reojo de vez en cuando. ¿Por qué tenía que ser tan guapa?

Una de esas veces, la chica se dio cuenta de que estaba fijándome en ella. Sonrió pícara y yo giré rápidamente la cabeza hacia el otro lado.

—Oye —dijo en voz alta para que pudiera escucharla a pesar de los audífonos—. ¡Ey! ¡Tú!

No le hice caso hasta que me golpeó el hombro con los dedos para llamar mi atención. Suspiré, la observé detenidamente y abandoné los audífonos sobre mis rodillas.

—¿Qué quieres?

—¿Sabes que tienes unos ojos muy bonitos?

Aquello me desconcertó tanto como su anterior desplante. Y también hizo que me pusiera nerviosa. Tardé un par de segundos en reaccionar.

—Gra... gracias —tartamudeé—. Pero no es mi color natural. Son lentes de contacto verdes.

—Me da lo mismo del color que sean. Son bonitos y punto.

—Si tú lo dices...

La joven sonrió una vez más. Subió los pies hasta el asiento y se hizo un ovillo en torno a sus rodillas.

—Yo también llevo lentes de contacto —admitió—. Soy bastante miope. Así que ya tenemos otra cosa en común.

¿Otra cosa en común? ¿A qué se refería exactamente? En ese momento no comprendía qué quería decir. Pero no tardó en solucionar mis dudas.

—Odio a los presocráticos. Bueno, a ellos y a todos los filósofos de la historia de la humanidad —continuó diciendo—. No entiendo por qué tenemos que estudiar las teorías de unos tipos que llevan muertos cientos de años y que no paraban de soltar tonterías mientras fumaban quién sabe qué sustancias psicotrópicas.

No podía decir que no estaba de acuerdo con su personal manera de entender la Filosofía. Era una asignatura que nunca me había gustado y que siempre me había costado comprender. Aunque mi opinión no era tan radical como la de aquella joven que, en los pocos minutos que la conocía, ya me había dejado muy clara una cosa: no se andaba con rodeos ni medias tintas. Era directa y contundente. Lo que pensaba, lo decía sin miramientos.

—Tienes bastante razón.

—¿Bastante? La tengo toda.

—Si tú lo dices...

—¡Otra vez con el «si tú lo dices»! —protestó subiendo el tono de voz—. Tienes sangre de atole.

—No tengo sangre de atole.

—¡Claro que sí! ¡Eres un atole con lentes!

—¡Y tú una...!

Me contuve antes de insultarla. Pero no me faltó demasiado para perder definitivamente el control. En cambio, a ella pareció agradarle mi arranque de ira.

—¡Muy bien! ¡Así mucho mejor! ¡Desahógate!

—¡No me quiero desahogar!

—¡Tienes que hacerlo! ¡Vamos! ¡Estás deseando gritar cómo te sientes!

Me intentaba provocar. Y no estaba dispuesta a que lo consiguiera. Sobre todo tras darme cuenta de que la gente que estaba sentada a nuestro alrededor nos estaba observando.

—Estoy bien —le respondí tranquilizándome y bajando la voz—. No voy a gritar.

—Okey, atole con lentes. No grites.

—No me llames así.

—Demuéstrame que no te mereces que te llame de esa manera.

—No tengo que demostrar nada. Ni siquiera te conozco.

—Es verdad, ni nos hemos presentado —comentó alzando la mirada al techo del tren—. Me llamo Laura. Encantada.

Laura. Ahora ya sabía el nombre de aquella joven tan extraña, con esa personalidad tan fuera de lo común. Aunque ni se lo había preguntado.

—Yo soy María. Meri —contesté, más por reflejo que porque quisiera ser complaciente con ella.

—Te sienta bien ese nombre. Le queda a tu cara.

—¿Por qué dices eso?

—Ya sabes..., por... la virgen. La virgen María —añadió con una sonrisa, que ya me empezaba a resultar familiar.

No me podía creer que me estuviera diciendo aquello. De nuevo intentaba provocarme. ¡No la soportaba! Pero no iba a caer en la trampa. No quería gritar ni alterarme otra vez. Así que apreté los dientes y busqué mentalmente algo ingenioso con lo que enfrentarme a ella. Sin embargo, cuando iba a hablar, el tren se detuvo en seco. El enfrenón fue brusco, tanto que ambas salimos disparadas hacia adelante y tuvimos que poner las manos en el asiento frente al nuestro para no terminar en el suelo. También el resto de los pasajeros del vagón se sobresaltó.

—¿En qué tómbola le han dado la licencia de conductor de trenes a este maquinista? —exclamó Laura recomponiéndose.

Las dos miramos por la ventana preocupadas. No apreciamos nada raro. Ni humo, ni daños en los vagones... Ni una sola señal de lo que había sucedido.

La gente murmuraba y se preguntaba qué sucedía. Hasta que por fin el revisor entró en el coche y nos informó de que había un problema en la locomotora. No nos aseguraba si estaríamos parados diez minutos o una hora. Sólo nos indicó que estaban haciendo lo posible para repararla.

—Bueno, me parece que vamos a tener que pasar más tiempo juntas del que imaginabas —me dijo Laura levantándose—. Vamos a cafetería, te invito un refresco.

CAPÍTULO 3

—No entiendo qué le pasa ahora a Bruno. Si le ha molestado algo, que me lo diga claramente. Que hable conmigo. No podemos estar siempre como el perro y el gato.

Oía la voz de Ester, pero casi no la escuchaba, como cuando tienes la televisión de fondo y no le haces demasiado caso. Las dos nos quedamos solas, las últimas en el aula antes de salir al recreo. Paloma ya me había enviado un WhatsApp diciéndome que me esperaba en la cafetería de la escuela y las muchas ganas que tenía de verme. Sólo era el primer día de clases y ya me sentía agobiada.

—Oye, pelirroja, ¿dónde estás? —me preguntó moviendo las manos delante de mi cara.

—Aquí, aquí. ¿Qué decías de Bruno?

—No te preocupes ahora por eso. Dejemos mis problemas con Bruno a un lado. Cuéntame, ¿qué te pasa? Y no vuelvas a decirme que nada porque no te creo.

Continuaba sin estar segura de explicarle a Ester lo que sentía. Abrirle mi corazón de par en par no daría una solución a mis problemas, pero confiamos la una en la otra. Ella es una de las personas más importantes de mi vida y creo que todo lo que sucedió entre ambas está olvidado. Un amor hace olvidar a otro amor, por muy intenso que fuera el primero.

—Me parece que ya no estoy enamorada de Paloma —le solté sin darle más vueltas.

Su rostro lo dijo todo. Sorprendida, con los ojos muy abiertos, tardó unos segundos en reaccionar y hablar.

—Vaya —susurró por fin—. ¿Y eso?

—No lo sé. Estoy bastante confusa.

—Normal.

—Es que es una situación... muy rara.

—No le has dicho nada, ¿verdad?

—No. No sé qué hacer.

Mi amiga apoyó sus manos en una de las bancas del aula y se sentó sobre ella. Se acarició la barbilla y sonrió con cierta tristeza.

—Qué complicado es todo siempre —indicó alargando el brazo para sujetarme la mano.

Me senté encima de la mesa a su lado y resoplé. Sí, las cosas nunca son fáciles. La vida es de todo menos sencilla y, en lo referente al amor, es como hacer un cubo Rubik con los ojos cerrados.

—Pues sí.

—Paloma no sospecha nada, ¿no?

—No. Sigue estando tan entusiasmada como siempre.

—¿Ha sido de repente? ¿Mientras estabas en Barcelona?

—No sé muy bien cómo y dónde ha sido. Sólo sé que...

En ese instante, alguien entró en el salón interrumpiendo nuestra conversación. Se trataba de la misma chica que esa mañana me había sorprendido con su presencia.

Ester y yo nos quedamos calladas y observamos cómo la joven se acercaba hasta nosotras. Su manera de caminar era fiel reflejo de la seguridad que tenía en sí misma. Pisaba fuerte, decidida, mirando al frente.

—Hola, me alegro de verte otra vez —me saludó sonriente—. Me encantan esos ojos tan bonitos.

La chica se inclinó sobre mí y me dio dos besos en la mejilla ante la perplejidad de Ester, que no entendía nada.

—¿Qué haces aquí? —quise saber, algo molesta por su descaro.

—Estudio aquí.

—¿Desde cuándo?

—Desde hoy.

Su pícara sonrisa permanecía instalada en su boca. Dando un saltito subió a la mesa de al lado de la nuestra y contempló por primera vez a Ester.

—Tú también tienes los ojos muy bonitos —le comentó a mi amiga—. Son alegres y transmiten mucho. Seguro que eres una buena persona.

—Gracias. Muchas gracias.

—Soy Laura. ¿Y tú?

—Ester.

—Encantada, Ester.

Aquella situación se había transformado en algo surrealista. Ester y Laura se dieron dos besos y de nuevo se hizo el silencio. No podía creer que aquello estuviera sucediendo.

—Bueno, ¿y qué? ¿Dónde se puede desayunar aquí? Estoy muerta de hambre.

Aunque nos preguntaba a las dos, sus ojos se habían clavado en mí otra vez. No le respondí porque Ester se me anticipó.

—Tenemos una cafetería en la que se come decentemente. Pero no pidas pan con mantequilla.

—¿Por qué?

—Los botecitos que te ponen son tan pequeños que no te alcanza ni para la mitad del pan.

—Mañana me traeré la margarina de casa.

La ocurrencia de Laura le sacó una sonrisita a Ester. Y debo reconocer que no me agradó que aquella chica la hiciera reír. La miré muy seria e hice una mueca con la boca de fastidio.

—Tengo que hablar de una cosa importante con Meri, pero si quieres nos vemos allí en unos minutos y desayunamos juntas. Ve pidiendo.

Laura dio otro brinco para bajarse de la mesa y nos sonrió a las dos.

—Perfecto. Las dejo con esa cosa importante. Ahora las veo.

Y caminando con la misma firmeza con la que había llegado hasta nosotras, salió del aula dejándonos de nuevo a solas.

—¿Es por ella? —me preguntó Ester, inmediatamente después de que Laura se marchara, tras darme un codazo. E insistió—: ¿Es por esa chica?

—¿Por ella? ¿Por ella qué?

—¿Te has enamorado de Laura y por eso ya no quieres a Paloma?

—¿Qué...? No. ¡No! ¡Por supuesto que no! ¡No! ¡Claro que no era eso! Sin embargo...

—¿Desde cuándo la conoces?

—Desde hace tres semanas. Más o menos —respondí algo nerviosa—. Fue en el tren de Barcelona a Madrid.

—¿En el que se estropeó?

—Sí. En ése. Nos tocó una al lado de otra.

—Y te enamoraste...

—¡Que no! ¡Que no me enamoré! —protesté subiendo el tono de voz—. ¡Si sólo la he visto una vez! Casi no la conozco.

Ester sonrió y bajó de la mesa. Puso sus manos en mis rodillas y las apretó con delicadeza. Luego me miró a los ojos.

—Bueno, no te has enamorado de ella. Está claro.

Tras señalar esto alegremente, añadió:

—¿Y ella de ti?

—¿De mí? No. Cómo se va a enamorar una chica así de mí.

—Tienes los ojos bonitos.

—También te lo ha dicho a ti.

—Sí, pero a mí no me ha seguido hasta aquí para estudiar en la misma escuela que yo. ¿O ha sido casualidad?

No lo sabía. No tenía ni idea de si realmente aquello simplemente había resultado ser una mera casualidad. De lo único que estaba segura era de que Laura iba a poner las cosas más complicadas.

Más complicadas de lo que ya lo estaban en mi cabeza.

CAPÍTULO 4

Llevábamos más de treinta minutos detenidos, sin que nadie nos hubiese dado todavía ninguna clase de explicación. Laura y yo hablábamos en la cafetería del tren, al tiempo que tomábamos una Coca-Cola. Las sensaciones que tenía sobre ella cambiaban cada cinco minutos. Por momentos, se mostraba reflexiva, inteligente, hasta simpática conmigo. Pero instantes después soltaba alguna broma ridícula o alguna frase hiriente para fastidiarme. Entre una cosa y otra, sonreía y comentaba lo que le gustaban mis ojos.

—¿Tienes novio? —me preguntó de improviso.

Bebí un sorbo de mi refresco antes de contestarle. No estaba segura de si era buena idea revelarle la verdad sobre mi sexualidad y mi relación con Paloma.

—Más o menos —dije sin proporcionarle más información.

—¿Más o menos qué significa?

Tendría que haber imaginado que no se conformaría con una respuesta tan ambigua. No daba la impresión de ser una chica de quedarse a medias.

—Significa que...

—¿Andas con alguien? —me interrumpió—. ¿Andas con un chico?

—No, no es eso —indiqué, tras dar un nuevo trago a mi bebida—. Oye, no tengo por qué hablar contigo de ese tema.

Quise mostrarme firme en mis palabras. Dejarle claro que mi vida personal no estaba tan a su alcance. Quizá así se diera por vencida. De nuevo estaba en un error.

—Si no me lo quieres contar, es porque ocultas algo. ¿Es mucho mayor que tú?

—No quiero hablar de eso. Ya te lo he dicho.

—¿Tiene novia? Y por eso se esconden en la clandestinidad.

—¿Cómo?

—Te has metido en una relación prohibida de la que no sabes cómo salir. ¿No?

—A ver..., ya te he dicho que no quiero hablar de...

—Anda, Meri. Te prometo que no le contaré a nadie que tienes una relación prohibida. ¿Es un chico mayor de la universidad con novia? ¿Verdad?

No se iba a dar por vencida. ¿Le contaba algo aunque fuese mentira? Así me la quitaría de encima y no insistiría más. O tal vez sí. Además, si le mentía, corría el riesgo de que me descubriera. Y, entonces, todo sería mucho peor.

—No, no es nada de eso —repuse molesta por su insistencia—. ¿Por qué tienes tanto interés en saber si tengo novio?

—Porque tienes los ojos bonitos.

—¿Qué? ¿Qué tiene que ver eso? —pregunté desconcertada—. Y no son bonitos...

—A mí me encantan.

Me miró una vez más directamente a los ojos, tan intensamente que tuve que apartar la mirada hacia otro lado. Por una de las ventanillas del vagón cafetería pude contemplar que seguíamos parados en medio de algún lugar entre Barcelona y Madrid.

Laura me ponía nerviosa.

—Sigo sin encontrar la relación entre que te parezcan bonitos mis ojos y que quieras saber si tengo novio.

Aquello la hizo reír. No de una manera pícara y maliciosa como hasta ahora. Laura soltó una gran carcajada al escucharme. No la entendía. No comprendía qué le hacía tanta gracia.

—Eres lesbiana, ¿verdad?

Me quedé atónita. El revisor entró en el vagón-cafetería mientras yo trataba de recuperar el aliento y salir de mi asombro. La chica no dejaba de mirarme fijamente esperando la confirmación de lo que había supuesto. Pero yo estaba petrificada, como una estatua, sin poder pronunciar ni una palabra.

—¡Señores! ¡Presten atención un momento! —gritó aquel hombrecillo con bigote vestido elegantemente—. ¡Tienen que desalojar el tren! Hemos sufrido una avería importante en la máquina que no podemos arreglar inmediatamente. Así que seguirán el viaje a Madrid en autobús.

Las protestas y la confusión fueron generalizadas. Costó muchísimo que todos los pasajeros entendieran que debían recuperar su equipaje, abandonar el tren y esperar a que un autobús nos recogiera. En ese tiempo no volví a hablar con Laura. Simplemente, alcancé mi maleta lo más rápido posible, bajé a toda velocidad y me alejé de ella todo lo que pude. Respiré algo más tranquila cuando comprobé que no me seguía.

¿Cómo sabía que me gustan las chicas? No creía haber dicho nada para que sacara esa conclusión, por otra parte, acertada.

Esperamos más de veinte minutos hasta que el autobús llegó. Faltaban unos trescientos kilómetros todavía hasta la capital. En ese periodo, llamé por teléfono a mi padre y a mi madre y les expliqué lo que había pasado. A ambos tuve que quitarles la idea de la cabeza de que habíamos sufrido un accidente y convencerlos de que estaba perfectamente. Al tiempo que ellos hablaban y hablaban, yo seguía dándole vueltas a lo que había pasado en la cafetería.

—Entonces, seguro que estás bien, ¿no? —me

preguntó mi madre, aún alarmada por lo que no había pasado.

—Sí, mamá. No te preocupes —repetí por décima vez—. Te tengo que dejar, ya está aquí el autobús.

Colgué y esperé a que todo el mundo subiera. Sin embargo, no me di cuenta de cuándo lo había hecho Laura. No sabía si estaba ya en el interior del vehículo o no. No tenía ganas de compartir el viaje hasta Madrid con ella al lado.

—Hola, Meri —sonó a mi espalda, asustándome, mientras subía por las escaleritas del autobús—. ¿Me extrañaste?

La gran sonrisa de Laura destacaba en su bonita cara. Me puso la mano en el hombro y lo acarició con dulzura.

—No, precisamente.

Entramos una detrás de la otra en el autobús y nos sentamos en la última fila, que era la única que quedaba libre. Para mi desgracia, tendría que compartir el resto del viaje con ella. ¡Más de trescientos kilómetros!

—Todavía no me has contestado —me dijo, una vez que nos pusimos en marcha—. Eres lesbiana, ¿verdad?

Ahora no tenía escapatoria. Estaba convencida de que Laura insistiría hasta obtener una respuesta que la dejara satisfecha. En las pocas horas que habíamos estado juntas ya había podido comprobar lo insistente que era.

—Sí, lo soy. ¿Contenta? —señalé sin más rodeos. Estaba cansada de aquel jueguecito.

—Contenta. Aunque... ya lo sabía.

Mi gesto de incredulidad le debió de hacer mucha gracia porque volvió a reír exageradamente. La gente nos observaba con curiosidad. Por un instante pensé que aquello no era verdad. Que me despertaría en la habitación del departamento de Barcelona y todo regresaría a la normalidad. Pero todo era cierto. Laura existía, compartíamos asiento en la última fila de aquel autobús y me acababa de decir que ya sabía que era lesbiana.

—¿Cómo lo sabías? —murmuré bajando la voz.

—Por la manera en la que me miraste el trasero hace rato. Es la forma en la que me miran los chicos.

—¿Qué? Yo no...

—No te preocupes. ¡Para mí es un halago!

¡Qué vergüenza! Me había cachado mirándola cuando fue al baño en el tren. Pero sólo la había mirado un segundo, quizá dos, y ella estaba de espaldas.

Me ardía la cara tanto que estaba asfixiándome.

—Lo siento —dije frotándome la mejilla.

—No te preocupes. En realidad, no vi que me miraras el trasero. Aunque ahora ya lo sé. Leí sin que te dieras cuenta los mensajes tan bonitos que tu novia te ha mandado por WhatsApp. ¡Ah! También vi el corazoncito que dice «Meri y Paloma, siempre» en tus apuntes de Filosofía.

Quise salir corriendo de allí, pero no era muy buena idea romper una ventanilla y saltar de un autobús en marcha. Así que respiré hondo e intenté restablecer la dignidad perdida.

—Paloma es muy cariñosa. Hace ese tipo de cosas.

—¿Llevan mucho tiempo saliendo?

—Desde marzo.

—¿Es guapa?

—Sí. Mucho.

—¿Y cómo les va?

—Bien. Supongo.

Le estaba contando los problemas y las dudas con mi novia a una completa desconocida. Eso no iba a resolver mis dudas, ni tampoco me daba mayor seguridad respecto a mis sentimientos. ¿Por qué lo hacía? No lo sabía.

Estuvimos hablando un buen rato de ese y de otros temas relacionados. Y durante la conversación, Laura se mostró comprensiva, agradable y, en ocasiones, cariñosa. Escuchaba lo que decía, pensaba y opinaba. Hasta que...

—Con mi última novia me pasó algo parecido. Así que sé cómo te sientes.

¿Novia? ¿Había oído correctamente? Eso significaba que también ella...

CAPÍTULO 5

Entramos en la cafetería de la escuela y busqué a Laura con la mirada. En seguida descubrí que no estaba. La que sí me esperaba era Paloma. En cuanto me vio salió corriendo hacia mí y me dio un beso en los labios. Todos los que se encontraban allí nos observaron boquiabiertos. Detrás de ella llegó Bruno, que, tras saludarme e intercambiar una mirada con Ester, decidió marcharse.

Las tres pedimos algo para desayunar y nos sentamos en una mesita libre.

—Tienes que solucionar lo de Bruno —le dijo Paloma a Ester, tras absorber por el popote con el que bebía su jugo de durazno.

—Es él el que tiene el problema conmigo.

—Porque te enredaste en verano con Samuel.

—Eso... no significó nada para mí. Sólo fue algo pasajero. Además, Bruno y yo no teníamos nada. Nunca lo hemos tenido.

—A él le dolió —indicó triste Paloma—. Él...,

él..., bueno, ya sabes lo que siente. Le sigues gustando mucho.

—No creo que le guste tanto como dices. O al menos no lo parecía cuando besó a Alba en su cumpleaños.

Aquel beso entre Bruno y Alba en el cumpleaños de ésta seguía instalado en la mente de Ester. Un beso que no debió suceder, que jamás tuvo que haber pasado. Pero ocurrió.

Fastidió cualquier inicio de relación con Ester y tampoco sirvió para que Alba y Bruno regresaran como pareja. Un estúpido beso irracional lleno de consecuencias negativas.

—Aquello fue un error, pero los dos habían bebido y...

—El alcohol no es excusa, Paloma. Si se besaron fue porque los dos quisieron hacerlo.

—Él está muy arrepentido de ello. Y Alba también.

—Si no quieres besar a alguien, no lo besas. Sé de lo que hablo —insistió Ester tras morder un bizcocho de chocolate—. Pero igual que te digo que yo era libre para hacer en la playa lo que quisiera con quien quisiera, también lo eran Bruno y Alba para darse un beso.

Me da pena que las cosas entre Ester y Bruno no salieran bien sin tan siquiera intentarlo. Los dos saben que sienten algo por el otro, pero al mismo tiempo se muestran confusos y distantes. Quizá su problema es que no se atreven a dar ese paso adelante. Subir ese último escalón.

—¿No le vas a dar una oportunidad? —preguntó Paloma uniendo sus manos.

—No puedo darle una oportunidad si ni siquiera podemos hablar tranquilamente sin discutir o echarnos algo en cara.

Escuchándolas hablar me daba cuenta de lo complicado que es para todos esto del amor. Ni lo que parece obvio, como que Ester y Bruno se gustan desde hace tiempo, resulta sencillo. Entonces, imaginé esa misma conversación entre ellas hablando de mí y de lo que había dejado de sentir por mi novia. ¿Qué le diría Ester a Paloma? ¿Cómo la consolaría?

Moví la cabeza y traté de olvidarlo. Pensar en eso me hacía sentir fatal. Pero no era posible. Ellas continuaban dándole vueltas a lo de Bruno y yo comencé a agobiarme con lo que ya no sentía.

—Chicas, voy al baño un momento. Espérenme aquí —les dije levantándome y dejando mi *cappuccino* a medias. Asintieron y me marché deprisa de la cafetería.

Mientras caminaba por los pasillos de la escuela, temblaba y sentía una fuerte presión en el pecho. ¿Qué me sucedía? La respuesta era clara. Me estaba afectando muchísimo estar con Paloma y no poder contarle lo que ocurría. Me moría de miedo. Ella era tan buena, tan sensible con todo... Si la dejaba, si cortábamos, no sabía lo que sería capaz de hacer. Pero, por otra parte, la estaba engañando al no contarle la verdad. ¡Era un maldito laberinto sin salida! Hiciera lo que hiciera, eligiera el camino que eligiera, terminaría mal.

Entré en los baños de la escuela y me encerré tras una de las puertas poniendo el seguro. Me senté en el suelo y traté de respirar acompasadamente para intentar tranquilizarme. Lo fui logrando poco a poco. Sin embargo, la sensación de no estar haciendo las cosas bien me seguía afectando. ¿Por qué mis sentimientos habían cambiado? ¿Por qué tarde o temprano tendría que hacerle daño a la persona que más me había aportado en mi vida?

Comprobé el reloj del celular para ver cuánto quedaba de recreo. Apenas cinco minutos antes de volver a clase. Debía regresar a la cafetería junto a mi chica y a Ester. Si no, sospecharían que algo no estaba bien. Abrí la puerta, salí y me miré en uno de los espejos del lavabo. Todavía mi respiración era agitada, aunque había logrado calmarme un poco.

El ruido de una tos me advirtió de que no estaba sola. La puerta del baño más alejado se abrió y de allí salió Laura. No pareció sorprendida al verme. Sonrió y se acercó hasta donde yo estaba.

—Vas a terminar pensando de verdad que te persigo —dijo ajustándose la liga del pelo. Su coleta alta lucía perfecta.

—Ya lo pienso.

—Pues... es verdad. Vi como venías hacia aquí bastante nerviosa y decidí seguirte.

—¿Me estabas espiando?

—No. Bueno, sí. A lo mejor —comentó jugueteando con su pelo—. Lo cierto es que vi que estabas con Ester y con tu novia en la cafetería. Y me quedé observando.

—¿Por qué?

—Porque no me atrevía a ir con ustedes. Ya sabes...

—No, no sé. ¿Qué?

—Sería raro estar en la misma mesa que tu novia. Las dos juntas. ¿A ti no te parecería extraño?

—¿Extraño por qué?

Laura no respondió. Sonrió para sí y abrió la llave del agua fría. Se lavó las manos y me miró a través del espejo.

—¿Alguna vez te has quedado dormida con los lentes de contacto puestos? —me preguntó.

—¿Qué? ¿A qué viene eso ahora?

—Anoche me pasó. Me tumbé en la cama. Cerré los ojos y me quedé dormida sin quitármelos. Hoy me arden mucho los ojos. Por eso...

Mientras hablaba sacó un pequeño botecito blanco de su bolso y me lo entregó.

—¿Qué hago con esto?

—¿Me ayudas a ponerme el colirio? No me atrevo yo sola.

Resoplé, aunque acepté. Como Laura es más alta

que yo, tuvimos que entrar en uno de los baños para que pudiera sentarse sobre la tapa de la taza. Con cuidado, eché una gotita en su ojo derecho. Dio un pequeño brinco cuando sintió el líquido dentro.

—¿Te arde?

—Un poco. Pero nada que no pueda soportar —señaló algo incómoda—. ¿Sabes en qué pensaba anoche antes de quedarme dormida con los lentes de contacto?

—No...

No sabía de qué se trataba aquello. Sólo quería terminar de ponerle el colirio y regresar a la cafetería. Me incliné sobre ella para verter el líquido sobre su ojo izquierdo.

—En ti. Pensaba en ti.

Sus palabras me tomaron desprevenida. Me sobresalté y el colirio fue a parar a su rostro. La gota resbaló por su cara hasta terminar colgando de la barbilla. Y cayó al suelo.

—Perdona, he... fallado.

—No te preocupes.

No sabía cómo tomarme lo que acababa de decir. ¿Lo ignoraba? ¿Sería otra de sus bromas? Volví a inclinarme sobre ella mucho más nerviosa que antes. Su cara y la mía estaban muy cerca. No dejaba de mirarme, persiguiendo cada uno de mis movimientos. Mi pulso no era el mejor, pero en esta ocasión sí atiné. La gota entró en su ojo izquierdo. Laura dio un pequeño salto.

—¿Me soplas? Me está ardiendo —comentó pestañeando.

Me acerqué un poco más y soplé sobre su ojo izquierdo. Entonces, Laura me rodeó con sus brazos y me atrajo completamente hacia ella. Podía hasta oler perfectamente su perfume de frambuesas y notar su respiración. A mí el corazón me latía a mil por hora. La idea de que quería besarme pasó fulminante por mi cabeza, pero no hice nada por evitarlo.

Sin embargo, no me besó.

—Tienes unos ojos preciosos —dijo en voz baja. Y me soltó para incorporarse de nuevo. Se ajustó la liga del pelo y sonrió como ella suele hacerlo—. Nos vemos ahora en clase. Chao.

Antes de que pudiera decirle nada se fue. Me quedé inmóvil unos segundos, preguntándome qué había pasado. En realidad, no había sucedido nada, aunque mucho al mismo tiempo. Si ella hubiese querido, nos habríamos besado. ¿Era lo que Laura pretendía? ¿Tenía intención de darme un beso de verdad?

La campana que anunciaba el final del recreo y el comienzo de la siguiente clase me devolvió a la realidad.

Aquella joven guapísima de comportamiento extraño y variable me estaba empezando a volver loca. No lograba adivinar qué pretendía, ni era capaz de entenderla la mitad de las veces en las que me hablaba.

Me lavé rápidamente las manos y me apresuré por el pasillo para no llegar tarde a la próxima clase.

—¡Meri! —gritó alguien detrás de mí.

Cuando me giré observé a Paloma corriendo. Al llegar a mi altura se lanzó a mis brazos y me regaló un intenso beso en la boca.

—Vamos a llegar tarde a clase —le indiqué al separarnos.

—¿Dónde estabas? No has vuelto a la cafetería.

—Me he entretenido un poco en el baño.

—¿Estás bien? No tienes buena cara.

Era difícil ocultar lo que pasaba. Pero no era el momento ni el lugar de revelarle nada a ella. Debía esconder mis dudas y lo que acababa de pasar con Laura. Sonreí cuanto pude y le di un beso en la mejilla.

—Todo está bien. No te preocupes.

—¿De verdad? ¡No me mientas!

—De verdad —insistí, y le acaricié la frente—. Tenemos que darnos prisa o no nos dejarán entrar en clase. Y eso no es bueno para el primer día.

—No, no lo es.

Mi propósito de hacerle ver que todo estaba bien había funcionado. De la mano, la acompañé a su clase y luego me dirigí a la mía. Por suerte, los profesores todavía no habían llegado y pudimos pasar sin problema.

Pero al llegar a mi aula, volví a tropezar con los ojos de Laura, que ya se había sentado en su banca.

Saludó con la mano y me sacó la lengua. Luego, como siempre, sonrió de esa forma tan característica suya.

—¿Estás segura de que esa chica no está enamorada de ti? —me preguntó Ester colocándose a mi lado.

No supe responderle. Lo único que sabía era que aquella chica estaba logrando que mi cabeza no dejara de dar vueltas y que todas las alarmas de mis sentidos se activaran al mismo tiempo.

¿Me estaba empezando a gustar?

16 de septiembre

Me siento como si estuviera incubando un virus y fuera consciente de que en cualquier instante se expandirá por el interior de mi confuso corazón.

El problema está en si me quiero curar. En si quiero ese antídoto antes de enfermar de verdad. Porque una vez que consiga sujetarme no lograré deshacerme de él.

Así es el amor. Te engancha y te suelta a su antojo.

¿Tengo opción de elegir?

Posiblemente, no. No manda la razón. No seleccionas tú. Es tanto el poder de ese virus que, si te atrapa, no te suelta.

Sólo queda luchar contra él. Poner remedio. Mostrarte firme y ahuyentar la debilidad. Si eres débil, si te dejas llevar, habrás caído en la red.

No sé si estoy en condiciones de enamorarme de otra persona. No creo que tenga derecho a que se me iluminen los ojos mirando otros ojos.

Entonces, ¿es una prueba?

¿Una lección de fortaleza?

¿Un cambio de dirección en mi vida?

No estoy segura. Sólo sé que deseaba ese beso.

Cuando se acercó a mi boca, cuando respiré su respiración, cuando escuché latir a toda prisa su corazón, quise probar sus labios.

Y ella, ¿me quería besar?

No sé si está jugando. Si sólo soy un reto. Una diversión para alguien que puede divertirse con quien quiera. Ésa es la impresión que me da. Aunque diga que sueña conmigo, que tengo los ojos bonitos, que piensa en mí... No lo creo. No creo que una chica así pueda estar interesada en alguien como yo.

¿Es posible que me esté enamorando?

Me siento culpable por estar divagando sobre una nueva aventura. Sobre todo, sin haber cerrado la anterior. Me siento mal por no serle clara. Por no cerrar los ojos y verla abrazada a mí. Por no escuchar fuegos artificiales al rozar sus labios. Estoy mal por no quererla como antes.

No sé qué debo hacer. No es fácil tomar decisiones. Decisiones tan importantes como para determinar con quién quieres soñar por las noches. Decisiones de las que dependerá dónde das un beso o si tus caricias van más allá de la piel.

Decisiones que marcarán mi vida y para las que no sé si estoy preparada.

CAPÍTULO 6

Había transcurrido una semana desde el primer día de clase. Todo seguía de la misma manera. Paloma continuaba sin saber lo que me pasaba y a mí no me había dejado de pasar lo que en ocasiones no lograba ocultar: ya no estaba enamorada de ella.

A veces, me decía que me veía rara y me preguntaba que si me sucedía algo. Siempre lo negaba, cambiando de excusa. Especialmente, culpaba al cansancio de esos primeros días de clases. Y la verdad es que fueron frenéticos.

Los profesores desde el comienzo nos avisaron de que éste iba a ser el año más difícil. El examen de selectividad estaba a la vuelta de la esquina y debíamos llegar preparados para superaroa o él nos superaría a nosotros.

—Si esto es así hasta mayo, no sé si llegaré viva —indicó Valeria, mordiendo la punta de la tapa de una pluma, mientras repasaba las veinte hojas de apuntes de Filosofía que ya había acumulado.

—Sólo ha pasado una semana y ya estoy agotado —se quejó Bruno.

—Podríamos reunirnos más a menudo. Así no nos tendríamos que esforzar tanto y llevaríamos mejor cada asignatura. Como en los viejos tiempos...

El resto me miró sorprendido cuando propuse intensificar las reuniones del club y vernos más veces por semana.

—Es una buena idea —me apoyó Raúl—. El año pasado todos tuvimos dificultades para aprobar. Y este curso será muy duro.

—Yo también estoy de acuerdo —comentó Val.

Sólo Bruno y Ester no se habían pronunciado aún. Su amistad no atravesaba por el mejor momento. Se hablaban y no discutían tanto, pero lejos quedaban aquellos instantes en los que ambos eran inseparables.

—Por mí bien —dijeron los dos a la vez.

Se miraron extrañados por repetir la misma frase en el mismo segundo. Pero ni aquella coincidencia les sacó una sonrisa.

—¿Les parece bien tres reuniones de lunes a viernes y otra más el sábado o el domingo? —propuso Raúl, apuntando en un cuaderno.

Los otros cuatro aceptamos.

Decidimos también que no habría obligatoriedad de asistencia. Si no nos podíamos reunir alguno un día, no había problema. Además, Alba estaba invitada a venir con nosotros cuando quisiera. Ella estudiaba en otra escuela, pero podría ayudarnos también. La relación con el grupo era buena, aunque después de lo que pasó con Bruno en su cumpleaños se había enfriado su trato con él y con Ester.

Aquel cumpleaños... Aquel beso.

Yo lo vi de cerca. Acababan de dar las doce de la noche. Estaba frente a ellos, hablando con Paloma, y me di cuenta de que los dos reían de forma peculiar. Empezaron a bromear y a coquetear en el mismo sofá. Pegado uno al otro. Ninguno de los dos estaba acostumbrado a beber alcohol, así que la sangría que tomaron durante la cena se les subió demasiado. Ester bailaba con Val en el otro extremo de la habitación. Cuando observó que se besaban se quedó atónita. No se lo esperaba. Ninguno lo esperábamos. Durante esos días había hablado conmigo de que quizá era el momento de comenzar algo con Bruno. Quedaba atrás lo de Nájera, lo de Rodrigo... Se había olvidado por completo de ellos. Le gustaba mucho Bruno. Pero aquel beso eliminó cualquier posibilidad de que sucediera algo entre ambos. Luego se fue a la playa y pasó lo de Samuel. No es habitual que Ester se enrede con un chico así como así, sin más. El cuento de nunca acabar con Bruno la impulsó a comportarse de esa forma.

—Puedes traerte a Paloma cuando quieras —indicó Valeria sonriente—. Aunque esté un año por debajo, puede echarnos una mano.

—Sí, así podemos repasar cosas del año pasado —intervino después Raúl.

Ester me miró apenada. Sabía lo que pasaba por mi cabeza. Lo habíamos comentado varias veces en esa semana. Y siempre llegábamos a la misma conclusión: debía hablar con ella cuanto antes. Pero nunca encontraba el momento. Me asustaba lo que pudiera hacer, cómo fuera a reaccionar. Que empezara otra vez a autolesionarse, a hacerse daño a sí misma por no poder soportarlo.

—Paloma es muy bien recibida, pelirrojita. Hacen una pareja preciosa. Espero que siempre estén juntas.

Cuando escuché a Val, ya no pude contenerme.

—Creo..., creo que voy a cortar con ella.

Me puse muy nerviosa al confesarlo y yo misma comprendí al escucharme la trascendencia de mis palabras y lo sorprendente de ellas. Bruno, Raúl y Valeria no supieron qué decir.

—Tranquila, Meri. Son cosas que pasan —intentó tranquilizarme Ester.

Ella sabía mejor que nadie lo que es sufrir por amor. Lo que es no corresponder a alguien. Estuvo mucho tiempo rechazando a Bruno, doliéndole en lo más profundo no sentir lo mismo que sentía él. Aunque mi caso con Paloma era diferente, la sensación de dolor y frustración puede asemejarse.

Les expliqué con más detenimiento lo que sucedía, aunque era muy simple: ya no estaba enamorada de ella.

—Vaya, lo siento, Meri —dijo en voz baja Raúl—. Y también lo siento por Paloma.

Valeria también lamentó la noticia y me dio dos cariñosos besos. Pero el que peor lo tomó fue Bruno. Él se había hecho muy amigo de Paloma y sabía que algo así le afectaría. Cuando terminó la reunión, él y yo nos quedamos solos.

—¿Estás segura de que ya no estás enamorada de Paloma? —me preguntó muy serio.

—He tenido mis dudas. Pero es lo que siento.

—Le vas a romper el corazón.

—Lo sé, Bruno. Pero ¿qué puedo hacer?

—A mí me pasó algo parecido con Alba e intenté enamorarme de ella. No lo conseguí, pero luché por ello. Paloma es una chica increíble, no vas a encontrar a alguien mejor que ella.

Las palabras de mi amigo me tocaron de lleno la conciencia. Paloma era especial, lo mejor que me había pasado, pero ya no la amaba.

—No puedo forzarme a querer a alguien.

—No es forzar, es buscar ese sentimiento que has perdido. ¿O es que nunca la has querido de verdad?

—¡Claro que la he querido, Bruno! ¡Muchísimo!

—¡Pues recupera eso! Intenta recordar ese sentimiento. Ella te quiere más que a nada en el mundo. Será un golpe muy duro.

—Sí...

—Dale otra oportunidad, Meri. Recuerda las cosas que te enamoraron de ella y disfruta de lo que tienen.

Si ya estaba hecha un lío y no encontraba la manera de explicarle a Paloma lo que me pasaba, después de hablar con Bruno la historia era aún peor. Estaba todavía más confusa. No sabía lo que debía hacer.

Caminé sola hasta mi casa. Pensativa, sin las ideas claras, recordando cada una de las frases que mi amigo me había dicho. Otra oportunidad, la oportunidad de volverme a enamorar... ¿Era posible algo así?

Dicen que en las parejas el amor desaparece tarde o temprano. Que no es para siempre. Lo que queda y permite seguir adelante son otras cosas: cariño, respeto, recuerdos, confianza... Tal vez, a mí el amor se me había ido antes de tiempo, pero todo lo demás lo tenía. ¿Era suficiente?

Cuando llegué a casa no había nadie. Me dirigí a mi habitación y me tumbé en la cama con la computadora delante. Puse música y me coloqué boca arriba. Cerré los ojos y, mientras escuchaba *Cuando lloras*, de Despistaos, recordé la primera vez que vi en persona a Paloma. En aquel Starbucks, tan guapa, tan extrovertida..., parecía tan inalcanzable para mí. Éramos tan diferentes. Pero ella desde el primer instante demostró que me quería, que estaba enamorada.

Un escalofrío recorrió mi estómago. Suspiré tan fuerte que casi me quedo sin respiración. Dolía. Me hacía daño ver que todo aquello pertenecía al pasado y que estaba a punto de almacenarlo en un rincón por el que no volvería a pasar.

Una segunda oportunidad de enamorarme...

Estuve más de una hora en la cama dándole vueltas a mi situación. Sin tomar una decisión. Hasta que sonó el celular: era un número desconocido.

—¿Sí? —pregunté bajando el volumen de la música.

—Hola, ojos bonitos.

—¿Laura?

—La misma. ¿Cómo estás?

—Bien. Pero...

—Pero ¿que cómo tengo tu número? —se anticipó a decir—. Me lo ha dado Emma, la de clase. Estamos juntas en un trabajo de inglés y tenía tu celular de no sé qué historias de representantes de grupo...

Tampoco recordaba que esa chica tuviera mi teléfono. Al menos yo no se lo había dado. El caso es que Laura lo había conseguido y la tenía al otro lado de la línea.

—Ah. Bien.

—¿Te llamo en buen momento?

—Pues... no demasiado bueno.

—¿De verdad? ¿Qué te pasa?

—No me encuentro muy bien. Pero no es nada grave.

No quise darle más datos porque no tenía ganas de hablar más sobre ello. Durante esa semana, Laura no me había dejado de preguntar ni un solo día por Paloma y mis sentimientos. No quería contarle más, pero siempre acabábamos hablando del problema. Así que ella, más o menos, estaba al día de todo.

—Ah. Pues si no es nada grave, puedes venir conmigo a tomar un café. Estoy abajo.

—¿Qué? ¿Estás aquí?

—Sí. He venido para invitarte a un café. Y no me digas que no, que ya sabes que no acepto una negativa por respuesta.

—No voy a ir a tomar café ahora.

—Pues me quedaré aquí hasta que aceptes —dijo canturreando—. No tengo prisa.

Y sabía que no se marcharía. En esos días pude conocer un poco mejor a Laura. Ya no hacía tantas bromas ni me fastidiaba tanto. Su carácter seguía siendo muy particular y no siempre la comprendía. Pero me parecía una chica interesante. Y no sólo por lo guapa que era.

—Está bien. Bajo.

—¿Así de fácil? Pensé que me costaría mucho más.

—No me pongas a prueba, que todavía me arrepiento.

—Está bien, no tentaré más a la suerte. Te espero en la puerta de tu casa. —Y colgó.

No tenía ganas de bajar a tomar un café con Laura. No por ella en concreto. Solamente es que no tenía ganas de hablar, ni de recibir más consejos sobre Paloma. Aunque estando allí sola, tumbada en mi cama, escuchando canciones tristes, terminaría volviéndome loca. Así que a lo mejor no era tan mala idea dar una vuelta con ella.

Eso sí, una cosa se me había pasado por alto: ¿cómo sabía dónde vivía?

CAPÍTULO 7

—¿Cómo sabías dónde vivo? ¿También te lo ha dicho Emma?

—No. Te seguí un día y lo descubrí.

Estábamos sentadas en una cafetería del centro, en la zona de Fuencarral. Tomábamos un café con leche cada una, el suyo algo más cargado que el mío.

—¿Me seguiste hasta mi casa?

—Sí, lo hice. Pero sólo para saber dónde vivías en caso de que un día quisiera darte una sorpresa. Un día... como el de hoy.

—No puedo creerlo.

¡Me había seguido hasta casa! Pero ¿qué clase de persona persigue a otra para ver dónde vive? Los ladrones, los delincuentes, los cobradores...

—No te preocupes, que no voy a robar en tu casa cuando no estés, ni voy a entrar en tu habitación de noche para asustarte, ni nada por el estilo.

—Gracias, me quedo más tranquila.

Laura soltó una carcajada y después bebió un sorbo de su café.

—Detrás de esa apariencia seria que tienes y de chica que no hace locuras, hay alguien divertido, que me hace reír.

—¿Yo te hago reír?

—Sí. Tienes una forma de ser que me hace gracia. Y mira que puedes llegar a ser sosa a veces.

—Gracias otra vez. Me estás animando mucho con tus palabras.

Y otra risa fuerte y descontrolada. Laura resultaba muy escandalosa cuando lo pretendía. La gente nos miraba y ya empezaba a acostumbrarme a ser el centro de atención cuando estaba con ella.

—No te preocupes, que no volveré a llamarte atole con lentes.

—Es lo único que te falta ya.

—Voy a ser buena contigo —comentó jugueteando con la cucharita del café—. Pídeme un deseo.

—¿Un deseo?

—Sí. Pide algo que quieras y lo cumpliré.

—No voy a pedirte nada.

—El regreso del atole con lentes —dijo con voz profunda, como si mencionara el título de una película de intriga.

—¡No me llames así!

—¡No actúes así! Soy la genia de la lámpara. Pide un deseo.

No quería jugar. ¿No tenía bastante con que estu-

66

viera allí tomándome un café con ella? Por lo visto, no. Quería más. Siempre quería más de mí.

—No sé...

—Meri —me interrumpió, poniéndose más seria—. Sólo quiero verte sonreír. Sé que no la estás pasando bien con lo de tu novia. Así que desconéctate de esa historia un rato. Úsame para no pensar en lo que tanto te agobia.

—No es sencillo desconectarme.

—Sí lo es, cuando te lo propones —repuso volviendo a sonreír—. ¿Qué quieres hacer? Pídeme lo que quieras.

Lo decía de verdad. Completamente en serio. Estaba proponiéndome algo tan surrealista como que le pidiera un deseo. Y lo hacía para que me sintiera mejor, para que no pensara en lo de Paloma.

—No sé qué pedirte. Se me hace muy raro pedirle un deseo a alguien.

—No te pareces en nada a mi ex —señaló, y resopló divertida—. No hacía más que pedirme cosas.

En las conversaciones que habíamos mantenido hasta ahora había nombrado varias veces a su ex, pero no me había contado nada sobre ella. Empezaba a tener cierta curiosidad. Aunque no me atrevía a preguntar. No sabía por dónde podía salir y hasta qué punto tenía derecho de saber más.

—Creo que debería irme a casa.

—No te irás hasta que hayamos hecho algo juntas. Venga, ojos bonitos, no seas aburrida. Tu deseo es...

No sabía qué contestarle. No se me ocurría nada. Pero Laura jamás se daba por vencida. Así que pensé unos segundos y, por fin, se me ocurrió algo que pedirle.

—Está bien. Mi deseo es que me lleves a un sitio.

—¡Genial! ¿Qué sitio?

No se lo dije. Sólo le pedí que me acompañara sin que me hiciera más preguntas. Pagamos la cuenta de la cafetería y nos dirigimos a aquel lugar que tan buenos momentos me había hecho pasar.

—No estaremos yendo a un motel.

—¡No! ¡Por supuesto que no!

—Qué pena. Me había hecho ilusiones.

Sus indirectas me ruborizaban y al mismo tiempo me confundían. No lograba comprender qué quería aquella chica de mí. Tras el primer día de clase, en el que pensé que me iba a besar en el baño, las insinuaciones fueron constantes. Pero poco claras. No sabía si lo hacía para divertirse o porque realmente le gustaba. Cuando lo pensaba bien, deducía que era más bien por lo primero.

Continuamos caminando, entre bromas y alguna que otra indirecta. Sin explicarme cómo, Laura me estaba haciendo reír.

—Ya estamos aquí —comenté cuando llegamos a un edificio, cuya fachada estaba recién pintada de azul.

—¿Aquí? ¿De qué se trata? Tengo curiosidad.

—Ahora lo verás.

Entramos en el edificio y en seguida nos encontramos con un recepcionista que nos atendió amablemente. Creo que me reconoció de ocasiones anteriores. Me dio una llave y me dijo que podía pagar a la salida.

—¡Ya sé qué es esto! Había oído hablar de este sitio... ¡Aquí es donde se grita! —exclamó Laura, mientras caminábamos hacia la habitación que nos habían asignado. Era la número siete.

Era un lugar especial para mí. Allí había ido con Paloma varias veces. Cuando nos escondíamos del mundo. No estaba segura de si había querido volver allí con Laura para sustituir aquellos recuerdos o para refrescarlos. El hecho es que fue lo único que se me pasó por la cabeza cuando me propuso lo del deseo.

Entramos en la habitación y miré con nostalgia las paredes. Un silencio casi sepulcral reinaba dentro. Incluso escuchaba mi alborotada respiración. En ese momento, sentí que haber ido a la habitación del grito no había sido una buena idea. Tenía ganas de llorar.

—Esto ha sido una equivocación. Será mejor que nos vayamos —dije aguantando las lágrimas.

—¡No! No vamos a irnos.

—Por favor...

Quise abrir la puerta de la habitación, pero Laura se interpuso.

—No vamos a marcharnos hasta que te desahogues. Si hemos venido hasta aquí, es para que te olvides de todo. Es tu deseo.

—Quiero irme.

Deseaba salir corriendo, huir de aquel sitio que tantos recuerdos me traía. Sin embargo, ella obstaculizaba la salida. Estaba delante de la puerta sin que tuviera ninguna posibilidad de marcharme de allí.

—Es un buen momento para que te desahogues. Para que aparques ese sufrimiento que llevas a cuestas.

—Estoy bloqueada. No..., no puedo ni gritar.

Entonces me agarró con fuerza por los hombros, acercó su rostro al mío y me dio un fogoso beso en los labios. No podía moverme. Simplemente, cerré los ojos y me dejé llevar, colocando mis manos en su cintura.

Fue un beso largo, apasionado, casi desproporcionado. Sin límites. Un beso que no debía estar dando, pero que desató mi adrenalina.

Me separé de Laura, que, dibujando una sonrisa de las suyas, observó como en aquella habitación gritaba con todas mis fuerzas sin ningún control.

Fue la primera vez que nos besamos...

CAPÍTULO 8

—¿Que has hecho qué?

—Nos... hemos besado.

—¿En serio?

—Sí...

—¡Ves cómo le gustabas! ¡Y cómo también te gustaba a ti!

—Bueno...

—¿Y luego qué pasó?

Le conté a Ester a través del celular que después estuve gritando durante varios minutos en aquella habitación. Soltando toda la tensión que llevaba acumulada en las últimas semanas. Cuando terminé estaba exhausta, sin aliento, sin fuerzas. Y con un gran sentimiento de culpabilidad. Por eso, salí corriendo y me marché de aquel edificio lo más rápido que pude.

—Ni pagué la habitación. Imagino que lo haría Laura —indique echándome en la cama y apoyando mi cabeza en la almohada.

—¿No te despediste de ella?

—No pude. No me atrevía ni a mirarla a la cara. Me sentía tan mal... Sólo quería desaparecer de allí cuanto antes.

—¿Te ha llamado?

—No. No he vuelto a hablar con ella.

—Ni tampoco se lo has contado a Paloma, claro.

—Tampoco.

Esa noche de septiembre me sentía la peor persona del mundo. No había sabido hacer las cosas bien. Ni con Paloma, ni con Laura. Y los gritos que di me desahogaron al principio, pero luego fueron gritos de desesperación. De culpabilidad.

—Deberías hablar con Paloma lo antes posible, Meri. Si las cosas han salido de esa forma, es justo para ella que le cuentes lo que sientes. También será bueno para ti.

—Bruno dice que debo darle otra oportunidad.

—¿Otra oportunidad?

—Sí, que intente quererla como antes.

—Uno no puede forzarse a sentir lo que no siente.

—Él cree que le haré mucho daño si la dejo y que no encontraré a alguien mejor que Paloma.

—Paloma es una chica estupenda. Ya sabes lo que pienso de ella y lo que me gusta verlas juntas. Pero si ya no estás enamorada, por el motivo que sea, no puedes darle esperanzas ni alargar mucho la relación.

Mi amiga tenía razón. Aquella situación se estaba alargando demasiado. Estaba engañando a una persona increíble y me estaba engañando a mí misma. Tampoco había sido valiente con Laura al besarla y salir corriendo de la habitación del grito.

—Debo solucionar todo este lío en el que estoy metida.

—Es lo mejor para ti y para ella, aunque le duela.

—Eso es lo que más miedo me da, cómo se lo tome y que haga alguna tontería.

—Paloma es una chica lista y se ha ido haciendo fuerte con lo que ha vivido estos meses.

Había estado expuesta a mucha presión en su anterior escuela y en su casa debido a las creencias de sus padres. Fue tanto lo que sufrió que empezó a autolesionarse casi sin darse cuenta. Tras un tiempo en tratamiento, volvía a ser una chica normal. Risueña, alegre, divertida, natural... a la que iba a hacer daño. Mucho daño.

Pero tenía que pasar.

Fue al día siguiente. Después de clase. Le pedí que me acompañara a un parquecito que está junto a nuestra escuela. Hacía calor, aunque el cielo estaba encapotado. No soplaba ni una pizca de aire.

Nos sentamos en un banquito y la miré consternada.

—¿Qué pasa, pelirrojita? ¿Por qué hemos venido aquí? —me preguntó con preocupación.

—Verás..., no sé cómo empezar.

—¿Que no sabes cómo empezar? No me asustes, por favor.

Sus ojos intuyeron lo que iba a decir. Enrojecieron muy deprisa, como a punto de estallar en una tormenta de lágrimas.

—Esto es tan difícil... —me temblaba la voz al hablar—. Eres la persona más importante que ha pasado por mi vida. Te he querido más que a nadie...

—¿Me has querido? Es que ya... ¿Es que ya no..., no me quieres?

Agaché la cabeza y tardé unos segundos en volver a mirarla. Cuando alcé la vista otra vez se me partió el alma. Ella se tapaba la boca con las manos y lloraba en silencio. Jamás vi un rostro tan triste.

—Te quiero. Siempre te querré. Pero... No es por ti, cariño. Te aseguro que no es por ti.

—¿Cómo que no es por mí?

—Tú no tienes la culpa. Simplemente..., es que...

No encontraba las palabras para decirle que ya no la amaba. Que mis sentimientos hacia ella habían desaparecido. No quería ser cruel, más cruel de lo que significaba ya aquella situación agónica.

—¿Hay otra chica?

—¡No! No es eso, Paloma.

—He visto cómo la miras.

—¿A quién?

—A la nueva. Esa morenaza de tu clase —comentó limpiándose las lágrimas con las manos—. Ella también te mira a ti como si le gustases mucho.

Se había dado cuenta. ¿Tan evidente era lo de Laura? Pensaba que no, que no se me notaba. Pero ella lo había percibido.

—No tiene nada que ver con Laura.

—Te has enamorado de ella, ¿verdad? Es mucho mejor que yo.

—No digas eso. No me he enamorado de nadie. Sólo es que...

—Sabía que no era suficientemente buena para ti.

Y descargó una explosión incontrolable de lágrimas. Me acerqué más a ella y la abracé. Sin embargo, eso hizo que llorara aún con más fuerza.

—No sólo eres buena para mí. Eres la mejor para cualquiera.

—Eso no es verdad.

—Claro que lo es, Paloma. Eres una chica increíble.

—Pero estás rompiendo conmigo. ¿No?

Se me hizo un gran nudo en la garganta cuando escuché aquellas palabras salir de su boca. El dolor que sintió al pronunciarlas también me llegó a mí. Era muy difícil mantenerse firme en ese momento. Tan difícil que no lo conseguí. Y también me puse a llorar.

—Sí.

Fue lo único que pude responderle. Un escueto y doloroso «sí». La vi mover la cabeza negativamente, empapada en lágrimas, y me vinieron a la mente decenas de recuerdos con ella. Habían sido los meses más intensos de mi vida. Mi primera novia, mi primera relación... Mi primera historia de amor.

—No me dejes, por favor —suplicó—. Haré lo que quieras. Puedo cambiar si algo te molesta.

—No tienes que cambiar.

—Algo tengo que cambiar para que me quieras. Esto no puede acabar así.

—Cariño, no es por tu culpa.

—¿He sido muy pesada? ¿Te agobio? Es eso. Te agobio, ¿no es cierto?

—Paloma...

—Lo sé. Soy una pesada —insistió mirando hacia ninguna parte y hablando muy deprisa—. Pero puedo cambiar. Puedo cambiar. Te lo prometo, pelirrojita.

—No eres pesada, ni me agobias.

Su comportamiento empezaba a preocuparme. No escuchaba lo que le decía, sólo repetía una y otra vez que era muy pesada y que podía cambiar.

—Podríamos vernos sólo los fines de semana. Si quieres, puedo cambiarme de escuela de nuevo. No tenemos por qué estar siempre juntas. Si necesitas más espacio, puedo dártelo.

—No es cuestión de espacio.

—No te llamaré si no quieres. Sólo WhatsApp. Podríamos poner un límite al día. ¿Qué te parece?

Los ojos mojados de Paloma se perdían en los míos. Su expresión me rogaba que le diera alguna esperanza, algo a lo que aferrarse, un motivo para seguir juntas.

—Cariño. Debo irme a casa.

—¡No! ¡No te vayas! —gritó lanzándose al suelo—. ¡No me dejes!

No supe qué hacer cuando se agarró a mis piernas con fuerza para que no pudiera moverme. Se atenazó a mí como si fuera lo último que hiciera en la vida.

—Ojalá no tuviera que tomar esta decisión.

—Puedo hacerte feliz, Meri. ¡Sé que puedo hacerte muy feliz!

—Estos meses contigo han sido los mejores de mi vida. Pero... Tengo que marcharme.

—Por favor, no te vayas.

Me puse de pie e intenté zafarme con cuidado de sus brazos, que continuaban agarrando mis piernas. Primero logré soltar con mucha dificultad la derecha y a continuación la izquierda. Paloma no paraba de llorar. Puedo asegurar que aquél fue el peor momento de mi vida.

—Sé fuerte. Tienes que ser fuerte ahora. Debes serlo —le dije, y me di la vuelta.

—¡No puedo ser fuerte sin ti! —exclamó incorporándose—. ¡No quiero serlo si me dejas! ¡Vuelve! ¡No te vayas!

Pero no me giré. Apreté los puños y aceleré el paso. Lloraba mientras caminaba. Lloré cuando llegué a casa y lloré durante todo el día.

Paloma no se rindió y me llamó varias veces. Además, me mandó una veintena de mensajes por WhatsApp y dos largos emails pidiéndome disculpas por lo que no había hecho bien y rogándome que le diera una nueva oportunidad.

No respondí a nada.

Agotada y hundida, me quedé dormida antes de la cena.

CAPÍTULO 9

Cuando me desperté eran alrededor de las cuatro de la mañana. Mi madre lo intentó unas horas antes para que fuera a cenar, pero le dije que no tenía hambre y volví a dormirme. Estaba tan cansada que no era capaz de moverme de la cama.

Revisé el celular, al que había quitado el sonido, y comprobé que tenía veintidós llamadas perdidas de Paloma y un montón de WhatsApp de ella.

El último, de la una y catorce, decía:

«No me quedan más lágrimas. Sé que ahora no quieres hablar conmigo, pero espero que mañana pueda verte y escuchar tu voz. Necesito que hablemos. Te quiero y te querré siempre, pelirrojita. Que descanses».

Yo también me había quedado sin lágrimas. Sentía una punzada con cada palabra que leía y me culpé de lo que estaba sucediendo. Me dolía haber llegado a aquella situación. ¿Me había precipitado? No, estaba segura de que aquella historia tenía que acabar. Mis sentimientos ya no eran los mismos. Me convencí de que era lógico que ambas sufriéramos y que era cuestión de tiempo que nuestra relación se estabilizara. Tal vez, hasta podríamos llegar a ser amigas pronto.

Seguía con el teléfono en la mano, leyendo los mensajes de Paloma, cuando la pantalla se iluminó. El teléfono que aparecía no era el de ella, sino un número desconocido, aunque me resultaba algo familiar. Era muy raro que alguien me llamara a esa hora.

¿Y si había sucedido algo? ¡Y si le había pasado algo!

Tampoco era el celular del padre ni de la madre de Paloma. Aun así estaba inquieta mientras la luz tintineaba. Así que decidí responder.

—¿Sí?

—Hola, ojos bonitos.

—¿Laura?

—¡Pero todavía no has apuntado mi número! Mal, muy mal.

Después de nuestro beso no había vuelto a hablar con ella. Ni me llamó ni la llamé. Y en la escuela evité encontrarme con ella en el recreo, los cambios de clase y al salir. Ella tampoco había puesto mucho interés en hablar conmigo. Tan sólo un par de miradas y un par de sonrisas no compartidas.

—¿Por qué me llamas a estas horas? ¡Me has asustado!

—Si te hubieras apuntado mi teléfono... —dijo con ironía—. He visto que estabas conectada al WhatsApp, por eso te he llamado.

—Ya... ¿Qué quieres?

—Hablar contigo. Hoy no he podido hacerlo en todo el día.

—He estado ocupada.

—Me ignoraste en la escuela.

—No te ignoré.

—Sabes que sí. Pero no importa, te perdono. ¿Qué has hecho por la tarde?

—Estudiar.

—¿Sí? ¿Has estado estudiando? —preguntó interesada—. Haces bien. Parece que va a ser un año duro. Yo como ya me lo sé del año pasado...

Quise responderle que no se lo sabría muy bien cuando había reprobado cinco asignaturas y estaba repitiendo segundo de bachillerato. Pero no tenía ninguna gana de discutir con ella.

—Laura, no son horas para hablar. Es muy tarde y me voy otra vez a dormir. Mañana si quieres en la escuela...

—¿Te gustó el beso de ayer? —preguntó de repente—. Bueno, ya de antes de ayer.

—El beso...

—Sí, ¿lo recuerdas, no? Porque yo no he pensado en otra cosa desde ayer..., antes de ayer, por la tarde.

—Lo recuerdo, claro que lo recuerdo.

¡Cómo olvidarlo! Fue el desencadenante definitivo de lo que vino después. El último motivo por el que me decidí a hablar con Paloma. Además, ese beso significó mucho más.

—Aún no me has dicho si te gustó.

—No voy poniendo calificación a los besos que doy —comenté sintiéndome presionada.

—¿Del cero al diez?

—¿Es en serio?

—Pon una calificación a nuestro beso.

—No voy a hacer eso.

—Qué aburrida eres.

—Basta, Laura. No estoy para bromas —contesté enfadada—. He tenido el peor día de mi vida y son las cuatro de la mañana. ¿No puedes dejar ni por un instante de intentar ser graciosa?

Se hizo el silencio en la línea y en seguida me sentí mal por hablarle de esa forma. Pero llegaba un momento en el que me saturaba.

—Tiene que haberte pasado algo muy gordo para que reacciones así —comentó ella, sin perder la compostura. No parecía que le hubiera afectado mi comentario.

—Bueno...

—¿Has roto con Paloma?

Sólo escucharlo me daba escalofríos. Pero era la verdad y cuanto antes la asumiera, mejor. Ya estaba bien de andar con rodeos.

—Sí. Terminamos.

—Qué fuerte. Aunque era algo necesario y que pasaría algún día. Pero lo siento mucho.

—Gracias.

—¿Nuestro beso tuvo algo que ver?

—Ha sido la última gota. La que ha derramado el vaso —respondí, más tranquila, abrazando la almohada—. Me sentí muy mal cuando te besé. No porque no me gustara el beso..., pero estaba engañando a Paloma. No era justo para ella.

—En ese caso, me alegro de que hayas tomado la decisión correcta.

—No sé si ha sido la correcta. Ni si lo he hecho de la mejor manera.

—El tiempo te dará la razón.

—Ya veremos. Ahora mismo no estoy bien.

—¿Cómo ibas a estarlo? Acabas de romper con tu novia. Si estuvieras bien significaría que no te importaba. Y tú no eres esa clase de persona a la que no le importan los demás. Especialmente, la gente que tienes cerca. Eres una buena chica, Meri.

—Gracias. No me considero tan buena. Y menos después de lo de hoy.

—Sabes que lo eres. Una gran persona.

Las palabras de Laura no me servían de consuelo. Sin embargo, le agradecía lo que estaba haciendo por mí. A lo mejor, yo no era sólo un juego para ella.

—¿Y tú, qué haces despierta? —le pregunté, tras unos segundos sin decir nada. No tenía ganas de seguir con aquel tema, aunque no dejaba de darle vueltas en mi cabeza.

—Acabo de llegar a casa.

—¿De verdad?

—No, simplemente, me desperté hace un par de horas y me puse a leer. Mirando el celular me di cuenta de que estabas despierta y me dieron ganas de oírte un rato.

—¿Qué leías?

—*En los zapatos de Valeria,* de Elísabet Benavent.

—Lo conozco. Pero no lo he leído.

—Está muy bien. Te lo recomiendo.

Durante varios minutos estuvimos hablando de ese y de otros libros. Luego cambiamos y conversamos sobre cine. A las cinco y media de la mañana, nos pusimos a discutir de música. Hasta ese instante no tenía ni idea de los gustos de Laura.

—¿Sabes que va a amanecer? —me dijo después de unos minutos ausente en los que había ido a prepararse un café.

—¡Madre mía! Si dentro de nada es la hora de ir a la escuela.

—Tendremos que ir sin haber dormido.

En ese momento, me percaté de que en pocas horas volvería a ver a Paloma. Los pensamientos negativos que habían desaparecido momentáneamente en ese tiempo con Laura acababan de regresar.

—No sé..., no sé si iré hoy —murmuré.

—¿Por qué? ¿No te encuentras bien?

—Es por Paloma. No estoy preparada para verla de nuevo.

Imaginaba que Laura me diría que tenía que hacer frente al problema. Que no debía temer encontrarme con ella, que la vida seguiría su curso. En cambio...

—Perfecto. Yo tampoco tengo ganas de ir a clase —respondió sonriente—. Vamos a alguna parte.

CAPÍTULO 10

No sé cómo me convenció para fugarme con ella y faltar esa mañana a la escuela. Laura tenía ese poder. La capacidad de arrastrarme a su terreno cada vez que hablábamos. Y yo no era capaz de decir que no.

—Sólo son las nueve y media —dijo examinando el reloj de su celular—. Aún tenemos tiempo para desayunar.

No comprendía a qué se refería. Simplemente, habíamos quedado en vernos para dar una vuelta. Sin más. En cambio, eso de «aún tenemos tiempo» indicaba que haríamos algo a una hora determinada.

Nos sentamos en la terraza de una cafetería cerca del Museo del Prado. Las dos pedimos lo mismo: un desayuno con café con leche, pan integral tostado y jugo de naranja. Ya le advertí que no llevaba dinero antes de tomar algo, pero Laura insistió en que no me preocupara, que ella lo pagaría todo. Tenía hambre, ya que no había cenado nada la noche anterior, así que acepté.

—¿Tienes sueño? —me preguntó antes de morder el pan con mantequilla.

—Un poco.

—El café te vendrá bien para espabilarte.

—Por eso lo he pedido.

Laura sonreía. Le divertía estar allí conmigo, faltando a clase, después de muchas horas despiertas, hablando por el celular y después a través de Skype.

—No pensé que aceptarías.

—¿El no ir a clase y pasar la mañana contigo? Yo tampoco.

—¿Por qué lo has hecho?

—Porque..., bueno, ya sabes el motivo.

—¿Porque te gusto o porque quieres huir de ella?

No sabía qué responderle. En ese instante, creo que predominaba más la segunda respuesta que la primera. Me daba pánico volver a ver a Paloma. Enfrentarme a sus ojos, a sus palabras, a sus súplicas... Ya había llorado mucho el día anterior y sabía que encontrarme con ella significaría más lágrimas. Más dolor. No es que no estuviera sufriendo en ese instante. Pero ya lo dice el refrán: ojos que no ven, corazón que no siente.

—¿Por qué siempre terminamos hablando de mí? Háblame un poco de ti.

—¿Qué quieres saber?

—No sé... ¿Tienes hermanos?

—Una hermana mayor.

—Así que eres la pequeña, la consentida...

—Soy la pequeña. Pero creo que Sara siempre ha estado más mimada que yo.

—¿Cuántos años tiene?

—Veintiuno. Está en la Universidad de Barcelona. Estudia Medicina —contestó sin demasiado entusiasmo—. Es la matada de la familia.

Cuando hablaba en serio parecía otra persona distinta. Esa parte de Laura me gustaba mucho. Era como compartir una conversación con dos Lauras diferentes. La extrovertida y alocada por un lado, y la perspicaz y reflexiva por otro. Por suerte o por desgracia, casi siempre dejaba ver su yo irreverente, a la descarada, quizá para ocultar su personalidad más sincera.

—¿Se llevan bien?

—No nos hablamos.

Aquella respuesta tan rotunda me tomó desprevenida. Sin embargo, Laura ni pestañeó. Dio un sorbo del jugo de naranja y me observó sonriente.

—¿Por qué?

—Cosas que pasan. Pero no tiene importancia.

—¿Cómo no va a tener importancia que no te hables con tu hermana?

—Porque no la tiene —indicó serena—. ¿Recuerdas el día que nos conocimos? Pues fue la última vez que hablamos.

—¿Y desde entonces nada?

—No. Ni una palabra.

Quería seguir hablando de su hermana y los motivos por los que no tenían relación desde hacía más de tres semanas. Pero mi celular interrumpió la conversación. Comprobé que la que llamaba era Ester. No sabía si responder o no. Fue Laura la que decidió por mí. Me arrebató el teléfono y lo apagó. A continuación, quitó la pila y se la guardó en el bolsillo del short de mezclilla.

—¿Qué haces?

—Esta mañana eres mía. Nada de celulares.

—Pero...

—Pero nada —resolvió alegremente—. Y termina de desayunar, que nos tenemos que ir.

—¿A dónde nos vamos?

—En seguida lo descubrirás.

Acabamos de desayunar y caminamos unos metros hasta una parada de autobús junto al Museo del Prado. Entonces, Laura sacó dos boletos de su pantalón.

—¿Y esto?

—¿Alguna vez has recorrido Madrid en un autobús turístico?

Negué con la cabeza. ¿Íbamos a dar una vuelta por Madrid encima de uno de esos autobuses para turistas? No lo podía creer. Jamás había pensado hacer algo así.

—¿No es raro que dos madrileñas como nosotras suban a un autobús lleno de extranjeros?

—Para nada. Es muy divertido. Ya lo verás —contestó con entusiasmo—. Además, he traído la cámara para tomarnos muchas fotos.

—Odio las fotos.

—Anda, ojos bonitos. Déjate llevar. Te prometo que no las subiré a Instagram ni a Facebook. Serán sólo fotos para nosotras.

Por mucho que le dijera que no, sabía que al final haría lo que quisiera. Así que no discutí con ella y montamos en aquel autobús de color rojo de dos plantas, en el que la parte de arriba estaba sin techar. Soplaba un ligero viento muy agradable. A pesar de ser septiembre y de haber terminado el verano, el sol lucía con plenitud.

Laura y yo nos dirigimos a la parte trasera del vehículo. Yo me senté al lado de la barandilla y mi amiga junto a mí. Con nosotras, arriba en el autobús, sólo viajaba una pareja de jóvenes nórdicos y una familia rubísima inglesa. El padre y la madre batallaban con sus tres hijos pequeños e intentaban que ninguno bajara corriendo por la escalera hacia la planta baja.

—¿Te imaginas algún día así? —me preguntó señalando con la mirada a los traviesos críos.

La verdad es que nunca me había planteado tener hijos. Como mucho sobrinos. Aunque tampoco veía a Gadea siendo mamá a corto plazo. Después de lo que le sucedió con su exnovio, no quería comprometerse con ningún chico. O eso es lo que pensaba en ese momento.

—Soy muy joven para pensar en eso, ¿no crees?

—Claro. ¡Y yo! Pero ¿te gustaría?

—No lo sé.

—A mí sí me gustaría ser mamá algún día —dijo muy convencida—. Podríamos tener uno tú y otro yo, ¿qué te parece?

Abrí los ojos como platos al escucharla. Estaba claro que su posterior sonrisilla la desenmascaraba. No hablaba en serio.

El autobús se puso en marcha a las diez y cinco minutos. Laura sacó la cámara y tomó una primera foto al Museo del Prado. Luego, llegamos a la Puerta de Alcalá, atravesamos el barrio de Salamanca y llegamos a Colón.

—Vamos a tomarnos una *selfie* —propuso pasándome su mano por detrás.

—No me gustan las fotos.

—Anda, Meri. No seas sosa.

Resoplé y miré fijamente la cámara de Laura. Sonreí débilmente. Ella en cambio esbozó una gran sonrisa, de oreja a oreja. La observé de reojo y pude ver lo que tantas veces ya había comprobado. Era una chica preciosa y, cuando sonreía, todavía lo era más.

Clic. Clic. Clic.

Tomó varias fotos. Posando serias, sacando la lengua, parando los labios... Yo más o menos salía con la misma cara en todas, aunque ella era toda una experta en poner expresiones distintas. En una de ellas, me besó la mejilla. Y en la siguiente... los labios.

En ese momento estábamos llegando a plaza de España, tras bajar por Gran Vía.

Fueron apenas cuatro o cinco segundos, los suficientes para que todo mi cuerpo se estremeciera. Cuando el beso terminó me quedé sin saber qué hacer.

—Tranquila, no voy a pedir que lo califiques.

—Creo que no nos debemos besar más veces —le dije sin seguir su broma.

—¿Por qué? Me gusta. Y creo que a ti también.

—No está bien. No hace ni veinticuatro horas que corté con Paloma. Todavía me siento mal por eso.

—Aunque no haga ni un día que rompiste con ella, hacía muchas semanas que querías hacerlo.

—Sí. Pero no me siento bien besándote. Es como si la estuviera traicionando.

—Ya no estás con ella. No estás engañando a nadie.

Tenía razón en eso. La historia con Paloma había finalizado y era libre para hacer lo que quisiera. Sin embargo, no me sentía bien. No me parecía ético.

—Lo siento, Laura. No quiero más besos.

Mi tono sonó lo suficientemente claro y duro como para que no tuviera dudas de que los besos se habían terminado. Esperaba una reacción con el mismo tono, en la que ella se negara a aceptarlo. En cambio, no hizo nada de eso. Se metió la mano en el bolsillo y sacó la pila del celular. A continuación, me la entregó.

—Por la hora que es, estarán ahora en el recreo. Paloma estará preocupada. Mándale un mensaje o llámala.

Su rostro no indicaba que estuviera molesta o enfadada conmigo. No era la misma versión que mostró el día que nos conocimos en el tren, cuando fue tan desagradable.

—Gracias —le dije, y coloqué la pila en su lugar correspondiente.

Encendí el celular y en seguida surgieron los pitidos de los avisos de llamadas perdidas y mensajes de WhatsApp, que fueron continuos durante varios segundos. Casi todos eran de Paloma, salvo un par de Ester y una llamada perdida de Valeria.

Escribí primero en el grupo «Incomprendidos», que tenía con mis amigos para tranquilizarlos diciéndoles que estaba bien. Sin más información que ésa. Ya habría tiempo para explicaciones más detalladas.

Y luego envié otro WhatsApp a Paloma. Los que ella me había mandado eran mensajes de desesperación, rogando que volviéramos y pidiéndome perdón por todo. En el último, me preguntaba dónde estaba y si había faltado a clase por su culpa.

«Hola, Paloma. Ayer, dormí muy poco y hoy no me encontraba demasiado bien para ir a la escuela. No puedo decirte mucho más porque todo lo que te escriba va a servir de poco y te va a hacer más daño. Ya hablaremos cuando esta tormenta pase un poco. Cuídate mucho, por favor.»

El autobús acababa de llegar al templo de Debod cuando lo envié. No se lo enseñé a Laura, que me contemplaba pensativa. Pero en el momento en que la miré cambió su gesto y me volvió a abrazar. Apoyé la cabeza en su hombro y ella acarició mi pelo con delicadeza. Tenía ganas de llorar. Algo que no pude contener demasiado tiempo.

La herida estaba abierta todavía de par en par.

Pasé el resto de la mañana con Laura. El autobús desde el templo de Debod nos llevó al puente de Segovia y después a la catedral de la Almudena. Pasamos por la Puerta del Sol, por el Círculo de Bellas Artes y el jardín botánico, hasta concluir de nuevo en el Museo del Prado. Eran casi las doce. No quería volver todavía a mi casa, así que dimos un paseo hacia Callao y acabamos sentadas en un bar de la Latina, un poco más tarde, tomando una Coca-Cola.

Entre tanto, Paloma me llamó un par de veces al celular, pero no lo contesté. Se me formaba un nudo en el estómago cada vez que veía su nombre iluminado en la pantalla de mi teléfono. Sabía que tardaría un tiempo en perder esas sensaciones. Sólo esperaba que algún día pudiera volver a hablar con ella normalmente, sin dolor.

—Al principio es más jodido —me dijo Laura rompiendo un breve silencio entre las dos—. Pero luego te das cuenta de que eso que tenías dentro y que parecía que nunca se marcharía ha terminado por irse para siempre.

Hablaba desde la experiencia, con cierta frialdad. Como si fuera una ley universal lo que decía.

—¿Te ha pasado muchas veces? —me atreví a preguntarle.

—Varias. Pero sobre todo una.

—¿La ex de la que hablas?

—Sí. Ella ha sido el amor de mi vida... Hasta ahora.

Alargó su mano y tocó la mía despacio. Me la acarició, recorriendo cada uno de los nudillos con suavidad. No puedo negar que me gustó. Me gustaba estar con ella y que me hiciera sentir importante.

—¿Qué pasó? ¿Por qué no funcionó?

—Porque no tenía que funcionar —comentó, sin desvelar emoción en su respuesta, mientras seguía acariciando mi mano.

Daba la impresión de que no quería hablar sobre su ex. Sin embargo, yo tenía curiosidad por saber el motivo por el que su relación con ella no siguió adelante.

—¿Te fue infiel?

—Más bien... le fui yo infiel a ella.

CAPÍTULO 11

Laura no me quiso dar detalles de su infidelidad ni contar qué pasó exactamente con aquella chica. Cuando intentaba sonsacarle algo, cambiaba de tema. Que le hubiera puesto los cuernos a su ex no me daba garantías para un futuro. Si bien es cierto que no estábamos saliendo. Y que si alguien había sido infiel últimamente, ésa había sido yo al besarla antes de romper con Paloma.

Al despedirnos, nos dimos dos besos en la mejilla y quedamos en escribirnos.

Mi madre no estaba al mediodía, así que mi padre me había pedido que fuera a comer con Mara y con él a su casa. Cuando llegué aún no había venido y tampoco Mara. La que sí andaba por allí era Valeria, que fue quien me abrió la puerta. Parecía algo despistada.

—¡Ey! Hola —me dijo al verme, y me dio un abrazo—. ¿Dónde has estado hoy?

—Pues... Por ahí.

—¿Por ahí? No es normal que tú faltes a clase. ¿Qué te ha pasado?

En un primer momento, no quise contarle lo que había sucedido con Paloma y lo que había estado haciendo con Laura, pero, finalmente, se lo confesé todo.

—¡Vaya! Sí que te ha dado fuerte con esa chica como para romper con Paloma y volarte las clases para estar con ella.

—No es eso, Val.

—No te preocupes, a mí no debes darme explicaciones. Es tu vida, Meri.

—Laura no es el motivo por el que he roto con Paloma. Esto ya venía desde hace varias semanas.

No sé si convencí a Valeria de que el haber conocido a Laura no fue el motivo por el que se acabó lo de Paloma. Ella me repetía una y otra vez que no era asunto suyo, que hiciera lo que creyera mejor para mí. Seguía viéndola algo distraída, como si su cabeza estuviera ocupada en otra cosa.

—Por favor, no le digas a mi padre que hoy no he ido a clase.

—No te preocupes. No diré nada.

—Gracias.

Estuvimos hablando un poco más y me informó de lo que habían hecho hoy en la escuela. Cuando Mara y mi padre llegaron, comimos los cuatro juntos. Intenté que no se me notase nada de lo que me había sucedido en las últimas horas. No quería darle más vueltas al tema de Paloma.

Al terminar, Valeria se ofreció a lavar los platos y me pidió que la acompañara.

—¿No le vas a decir nada a tu padre sobre la ruptura? —me preguntó frotando con el estropajo un plato hondo.

—De momento, no.

—¿Cuántos sabemos que has roto con Paloma definitivamente y que andas con otra chica?

—Ester sabe que la besé el otro día.

—¿También la besaste el otro día?

—Sí —reconocí algo avergonzada, agachando la cabeza. Eso no se lo había dicho—. Pero lo de hoy sólo lo sabes tú. Bueno, los demás saben lo que comenté en la reunión del otro día.

Empezaba a tener dificultades para recordar quién sabía qué. Con el resto de los Incomprendidos había compartido mi intención de acabar mi relación con Paloma, pero sólo Val estaba al corriente de la ruptura definitiva. A no ser que mi exnovia hubiera contado algo. Y de lo Laura, tanto Val como Ester estaban al corriente de que había algo sin determinar entre las dos.

—Gracias por compartirlo conmigo y confiar en mí. Imagino que esta situación no tiene que estar siendo nada fácil para ti.

—No. Me siento mal por lo de Paloma. Ella se merece lo mejor y creo que de alguna manera le he fallado. Pero sólo he actuado como sentía.

—Es una buena chica y muy lista. Terminará entendiéndolo.

Eso es lo que yo deseaba, que lo comprendiera y pudiéramos quedar como buenas amigas. Pero no lo tenía tan claro. Veía ese momento tan lejano... Sólo esperaba que no cometiera ninguna locura.

Seguimos conversando hasta que un gran ruido de cristales resonó en toda la cocina.

—¡Dios, buena la hice! —gritó Valeria, que acababa de estrellar la fuente de la ensalada contra el suelo. Se había hecho añicos.

Rápidamente, Mara y su padre entraron corriendo en la cocina para comprobar qué es lo que había pasado. Se quedaron más tranquilos cuando vieron que no nos habíamos cortado ninguna de las dos.

—No se preocupen, nosotras lo recogemos —les dije, y regresaron a la sala.

Mientras barría los millones de trocitos de cristal del suelo, observé que Val se movía a un lado y a otro nerviosa. Se peinaba su cabello largo rubio con las manos y taconeaba intranquila. Estaba claro que algo le sucedía.

—¿Y a ti qué te pasa? —le pregunté por fin.

—¿A mí? Nada.

Y en ese momento, un vaso voló de sus manos, mientras lo secaba, y se estampó contra el suelo. Por suerte, en esta ocasión no se rompió. Valeria respiró hondo y luego soltó un gran resoplido.

—Claro, nada —dije agachándome para recogerlo—. Está muy claro que no te pasa nada.

—Son cosas sin importancia.

—Estás más despistada y pesada que de costumbre.

—Gracias.

—Bueno, si quieres hablar...

Valeria me contempló con indecisión. Se secó las manos con un trapo y me pidió que la siguiera. Entramos en su habitación, cerró la puerta y se sentó en la cama.

—Es verdad que me pasa algo —comentó nerviosa.

—Ya lo imaginaba, ¿qué es lo que te pasa?

—Uff. A ver...

En su rostro se dibujaba la preocupación que sentía en ese instante.

—Como te he dicho antes, puedes contarme lo que quieras. Somos hermanastras, ¿no? Confía en mí.

—Prométeme que no dirás nada. Ni a Raúl.

—Te lo prometo.

—Ni a tu padre, ni a mi madre y tampoco a tu hermana.

—Val, no se lo diré a nadie. Te lo juro.

Se puso de nuevo de pie, abrió la puerta y se aseguró de que no había nadie cerca. Cerró otra vez la puerta y se aproximó hasta mí. Me miró fijamente a los ojos y me agarró de los hombros.

—Si dices algo a alguien... te dejo de hablar para siempre.

—¡Que no diré nada!

Debía de ser algo muy importante para que Valeria se comportara de esa manera. Nunca la había visto así. Me moría de curiosidad.

—No sé cómo ha pasado. Bueno, sí lo sé... Creo que fue el día que celebramos que había aprobado todo... Carajo...

—¡Val, suéltalo ya!

—¡Tengo un retraso!

—¿Qué?

—Que creo que estoy... embarazada.

CAPÍTULO 12

Aquello sí que no me lo podía imaginar. Fue tan sorprendente lo que Valeria me contó que me había quedado en *shock*. No lo sabía con seguridad, porque no se había hecho el test de embarazo y su retraso no era de muchos días, sólo de unas dos semanas. Sin embargo, estaba muy preocupada. Era tanto lo que habían sufrido Raúl y ella que, aquel día, cuando supieron que habían aprobado todo, ni se pararon a pensar en lo que estaban haciendo ni cómo. No usaron protección. Y ahora podían llegar las consecuencias.

Le prometí cien veces no decirle nada a nadie, aunque creía que su novio lo debería saber. Ella me aseguró que si se confirmaba, se lo confesaría inmediatamente.

La vida te puede cambiar en un minuto...

Si Val estuviera embarazada, todo sería diferente para todos los que los queremos. Pero sobre todo para ella y para Raúl. ¿Cómo podría afrontar tener un hijo con diecisiete años? No sería la primera ni la última, pero... ¡Es que se trataba de Valeria!

Antes de marcharme le dije que contara conmigo para cualquier cosa y que el día que decidiera hacerse la prueba estaría con ella.

Caminando de regreso a casa, no podía pensar en otra cosa. Ni siquiera en Paloma o en Laura. Un hijo siendo adolescente..., ¿qué diría Raúl? Seguro que asumiría la responsabilidad con entereza. Su vida había estado llena de continuos sobresaltos que le habían llevado a ser una persona muy madura a los dieciocho.

Iba tan ensimismada en mis pensamientos que casi no me di cuenta de que mi teléfono sonaba.

—Hola, Bruno —respondí algo extrañada por su llamada—. ¿Qué tal?

—Al final ignoraste lo que hablamos y decidiste romper con Paloma.

Fue lo primero que me dijo, sin tan siquiera saludarme. No me gustó el tono que había empleado. Como si me estuviera regañando.

—Te lo ha contado.

—Con alguien tenía que hablar la pobre. Ya que tú ni siquiera le contestas el teléfono ni te atreves a aparecer por la escuela.

Sus palabras me hicieron daño. En parte, tenía razón. Paloma tenía derecho a hablar y a desahogarse con él. Pero si había tomado la decisión de alejarme un poco de ella lo hacía para no provocar más conflictos entre las dos.

—Bruno, estoy en la calle. No puedo hablar ahora. Si quieres luego...

—Con quien deberías hablar es con ella. Y solucionarlo.

—¡No tengo nada que solucionar! —exclamé nerviosa—. Hemos roto. No siento por ella lo que sentía cuando la conocí.

—Normal. Nada es como al principio. Los sentimientos van cambiando.

—No, no es normal. Sólo llevábamos seis meses saliendo. Debería estar más enamorada que nunca de Paloma. Y no es así.

—Le has roto el corazón, Meri.

Y él se estaba encargando de que no lo olvidara. La verdad es que la insistencia de mi amigo me molestaba. Me daba rabia que me lo repitiera una y otra vez y que no tuviera en cuenta mis sentimientos.

—Bruno, voy camino de mi casa. Si quieres cuando llegue te llamo y hablamos.

—No. Ya te llamaré yo.

Y me colgó el teléfono sin más.

Si ya estaba molesta con él, aquel feo gesto me terminó de enfadar por completo. No era quién para juzgarme o para acusarme de haber roto con Paloma, por muy amigo que se hubiera hecho de ella.

Estuve tentada de llamarle para recriminarle su actitud, pero decidí no hacerlo. Discutir con Bruno era imposible y yo no tenía la cabeza como para enzarzarme en una pelea telefónica en mitad de la calle. Así que lo dejé para un momento mejor.

Cuando llegué a casa, me abrió mi madre, que ya había llegado. Mi sorpresa fue mayúscula al descubrir que no estaba sola. En mi habitación había alguien esperándome. Paloma llevaba allí diez minutos.

—¿Sabes si está bien? —me preguntó en voz baja—. La he notado un poco rara.

No le contesté. Me dirigí a mi cuarto a toda prisa y entonces la vi sentada en mi cama. El corazón me dio una punzada y me puse nerviosa. Era la primera vez que nos encontrábamos desde que habíamos roto. Se había recogido el pelo en una coleta y llevaba un bonito vestido celeste. Aunque tenía los ojos un poco hinchados, seguramente de llorar, estaba muy guapa.

En cuanto me vio se levantó y se lanzó a mí. Me abrazaba tan fuerte que me hacía daño. Después intentó besarme, pero no lo permití. Le pedí que se alejara y volvió a sentarse en la cama. Yo lo hice en una silla frente a mi escritorio. No paraba de mirarme, con las pupilas vidriosas, a punto de romper a llorar.

—No deberías haber venido.

—¿Había otra forma de verte o de hablar contigo? Ni siquiera has ido a la escuela hoy para no verme.

—No ha sido por eso.

—¿No? ¿Y por qué ha sido? —me preguntó temblando—. Nunca faltas a clase, pelirrojita.

—No me encontraba bien.

No estaba mintiéndole. Realmente, no me encontraba bien. Aunque tampoco estaba diciéndole la verdad. No me encontraba bien por pensar que la tendría que ver en la escuela.

—Yo estoy muy mal. No puedo dejar de pensar en ti.

—Siento que estés pasando por esto por mi culpa.

—¿Qué tengo que hacer para que vuelvas a quererme? —preguntó desesperada—. Bruno me ha dicho... que ya no me amas. Que se te había... pasado... lo que sentías.

Bruno se lo había contado. No quería que se enterara. No quería que supiera que lo que sentía por ella se había esfumado. Pero mi amigo se había metido más de la cuenta en donde no lo llamaban.

—Te sigo queriendo, pero de otra manera.

—No hace falta que lo ocultes más. Ya no te gusto.

—Claro que me gustas.

—No es verdad. Soy horrible.

—Paloma, no digas eso. Sabes que no es verdad. De nosotras dos, tú eres la guapa... ¡Mírate! ¡Eres una chica preciosa!

—Entonces, ¿por qué has dejado de quererme?

Su agonía se percibía en cada una de sus palabras. Era muy difícil saber qué hacer o qué decir en cada momento sin herirla. Yo tampoco me encontraba bien. Trataba de ser fuerte, de mostrarme firme y entera. En cambio, por dentro sufría como ella. Verla así me dolía de verdad.

—No lo sé.

—Seguro que sí lo sabes.

—Te prometo que no. No sé qué me ha pasado.

Las dos nos quedamos calladas. En mi caso era porque no tenía más explicaciones que darle. No había un motivo exacto, ni un detalle concreto, que hubiera cambiado mis sentimientos.

—¿No podemos volver a intentarlo? Haré lo que sea para que estés bien. Para que todo vuelva a ser como antes.

—Nada será como antes.

—Si lo intentamos...

—No, Paloma. No puede ser.

—Sí que puede ser. Tú me has dicho muchas veces que todo en la vida es posible. Que me querías... ¿Por qué no puedo estar contigo? Si yo estoy enamorada de ti. Si por ti lo he dado todo... No lo... entiendo.

Tartamudeaba cuando hablaba. Sobrecogida. Noté que el labio le temblaba y que apretaba con fuerza los puños. Me sentía impotente por no poder hacerla sentir mejor. Por ser el problema y no la solución.

—Encontrarás a alguien que...

—No quiero a otra —me interrumpió—. Te quiero a ti. Sólo quiero estar contigo. ¿No lo comprendes?

—Lo comprendo. Pero...

—¡Te quiero, pelirrojita! ¡Y necesito que me quieras! —exclamó poniéndose de pie y acercándose a mí.

Se lanzó con tanta fuerza sobre mí que la silla se quebró y las dos nos caímos al suelo. Me golpeé la espalda y la nuca. Rápidamente, me llevé la mano a la cabeza para ver si sangraba. No había sangre. Pero tenía a Paloma encima de mí. Ella no se había hecho daño porque mi cuerpo había amortiguado su caída.

—Lo siento —dijo sujetándome las manos. No podía moverme.

—Por favor, deja que me levante.

—Prométeme que me darás una oportunidad.

—No puedo prometerte eso.

—Prométemelo. ¡Anda! ¡Que me lo prometas!

Nunca la había visto así. Su expresión era totalmente diferente y sus ojos incluso daban miedo. No la reconocía. Aquélla no era la chica de la que me había enamorado.

—Paloma, déjame levantarme. Me estás haciendo daño en las costillas.

—Quiero que seamos una pareja feliz. Unas novias que se quieran y que lo den todo la una por la otra. ¡Por eso tienes que prometer que me darás otra oportunidad!

—No puedo...

Me apretaba las manos para sujetarme y me hacía daño. Aquello había sobrepasado cualquier límite. Había perdido la compostura totalmente. Me empezaba a dar miedo y no sabía hasta dónde era capaz de llegar.

Afortunadamente, llamaron a la puerta. Eso la despistó y pude soltarme. Me incorporé rápidamente y abrí. Era mi madre.

—¿Están bien? —me preguntó algo preocupada—. He escuchado un ruido y...

—Sí, es que se ha roto la silla.

—¿Y eso? ¿Alguna se lastimó?

—No, no te preocupes. Estamos bien, mamá. Me he sentado con mucha fuerza y no lo ha soportado. Era una silla muy vieja.

Mi madre asintió y miró confusa a Paloma.

—Habrá que comprarte una nueva —indicó recogiendo la madera rota del suelo—. ¿Quieres algo de merendar, Paloma?

—Bueno...

—Paloma ya se iba, mamá. Y yo me tengo que poner a estudiar.

—¿Seguro que no te quedas a merendar?

La chica me miró para consultarme y aparté la mirada en señal de negación.

—No, no te preocupes. Me tengo que ir ya. Yo también tengo que estudiar.

—¡Si acabamos de empezar el año! Sí que han comenzado duros este año. Se van a tener que poner las pilas.

—Sí...

—Te acompaño a la puerta —le dije a Paloma, intentando disimular que no había sucedido nada.

Fui con ella hasta la salida de casa. Le abrí la puerta, ella salió del departamento y, antes de que pudiera hablar, le dije adiós y cerré. Durante varios segundos estuvo pidiéndome disculpas y sollozando. Había perdido el control y sólo quería otra oportunidad. No respondí. Estaba temblando por lo que acababa de pasar. Me fui a mi habitación y me encerré en ella. Llamó varias veces a mi celular, pero no lo contesté. Aquello se estaba convirtiendo en una pesadilla.

Una horrible pesadilla que apenas comenzaba.

25 de septiembre

¿*Realmente conocemos a las personas como creemos?*

¿*Es posible que alguien cambie tanto de un día para otro como para acabar no reconociéndolo?*

Después de mis últimas experiencias tengo que decir que sí, que es posible. Es muy duro, y si, además, es alguien a quien queremos, duele más.

A lo mejor, lo que sucede es que nos colocamos una venda en los ojos y no nos damos cuenta de lo que pasa a nuestro alrededor. ¿No dicen que el amor es ciego? Tal vez los ciegos somos nosotros y le echamos la culpa al amor. Lo adecuado sería de vez en cuando revisarnos la vista y así tratar de evitar futuros sobresaltos.

Y es que estoy muy confusa en estos momentos. No entiendo por qué ha pasado todo esto. ¿Y si es culpa mía? ¿Y si ese cambio lo provoqué yo? No lo sé; lo único que sé es que ella no era así. Ésa no es la chica que me enamoró. La que me hizo comprender que era capaz de sentir más allá de la piel, de los complejos, de los clichés sociales y de las teorías que no le importan a nadie. Ella logró que confiar en mí no fuera una lejana fantasía, sino una valiente realidad. Puso la primera piedra en la estatua de sentimientos en la que me he transformado y con la que empiezo a sentirme un poco mejor.

¿Es verdad que se fue? ¿O sólo era un disfraz?

Cuando piensas en alguien, lo puedes hacer de dos formas: sumando los recuerdos que te dejó hasta ese día o quedándote con la última visión que has tenido de él o ella. ¿Cuál es más real?

Probablemente, la primera. Sin embargo, es más habitual caer en la segunda. Al menos, a corto plazo. Tendemos a quedarnos con la última imagen que tenemos de esa persona. Para bien o para mal. Y muchas veces nuestro amor o nuestro odio dependen de ese último encuentro, sin contar con cada uno de los fotogramas con los que se construyó la película.

A partir de ahora, ¿qué? ¿Cómo se supone que debo actuar?

Hay muchas opciones, pero todas a medias. Ninguna será definitiva, ninguna conseguirá solucionar el problema. En ninguno de los casos me sentiré bien y con ninguna medida me restableceré de lo que está pasando. Si duermes, te arriesgas a tener pesadillas. Pero es imposible vivir sin dormir.

Por lo tanto, todas esas opciones son falsas opciones. Aunque de alguna manera hay que comportarse.

En el juego de la vida gana el que es feliz, aunque es posible que todavía a nadie le hayan dado el primer premio.

CAPÍTULO 13

Aquel fin de semana fue un auténtico infierno. Perdí la cuenta de las llamadas de Paloma y de los mensajes que me había mandado desde el incidente en mi habitación. En unos me pedía perdón, en otros me recriminaba haberla dejado y en el resto divagaba por numerosos temas que ni siquiera tenían que ver con lo nuestro.

Empezaba a pensar que se estaba volviendo loca de verdad. Me daba miedo imaginar que entre mensaje y mensaje se hacía daño a sí misma. A pesar de su reacción desproporcionada en mi casa, esperaba que no estuviera haciendo ninguna tontería. Su imagen encima de mí, agarrándome fuerte de las manos, fuera de sí, no se me había borrado todavía de la cabeza y se repetía constantemente. Pero la quería. La quería por todas las cosas buenas que me había dado en esos meses de relación. Y deseaba que estuviera bien.

Sin embargo, el peor momento de ese fin de semana sucedió el domingo por la mañana. El grupo había quedado en reunirse en Constanza para planear la semana en la escuela. Acudimos todos, incluida Alba. La tensión podía masticarse en varios frentes. Valeria todavía no le había contado nada a Raúl, ni se había hecho la prueba de embarazo. La veía inquieta, tensa, pero apenas hablaba. El triángulo Alba, Bruno y Ester no conversaban entre ellos. No se tiraban los trastos a la cabeza, pero se ignoraban casi todo el tiempo. Era una especie de guerra fría entre los tres.

Otra guerra, menos fría y más directa, era la que tenía Bruno conmigo. Cada una de sus miradas era para recordarme que estaba muy enfadado por mi comportamiento. No sé qué le habría contado Paloma, pero si con alguien debía estar molesto era con ella.

Al terminar la reunión de los Incomprendidos, me pidió que lo acompañara. Tenía que hablar conmigo. Accedí y juntos nos fuimos caminando.

—Paloma me ha contado todo —me dijo cuando nos alejamos del resto.

—Quién sabe que versión te ha dado.

—Me ha dicho la verdad.

—¿Y cuál es esa verdad?

No confiaba en que ella le hubiera relatado los hechos tal y como se produjeron. En cambio, lo que Bruno me contó se parecía muchísimo a lo que sucedió en realidad. Paloma no le había mentido, ni había obviado detalles importantes que la culpasen. Aquella prueba de sinceridad me sorprendió y al mismo tiempo me hizo darme cuenta de que mi exnovia aún conservaba la cordura.

—Como ves, no ha tenido problemas en reconocer que no se comportó bien.

—Y sabiendo todo eso, ¿todavía la defiendes?

—Sí, la defiendo —indicó muy convencido—. Sé lo que es que una persona te rechace. Se sufre muchísimo. No imagino lo que tiene que ser que de buenas a primeras la persona a la que amas te deje de querer.

—A ti te pasó con Alba.

—No. Lo mío con Alba fue distinto. Son dos historias completamente diferentes.

—Si tú lo dices...

A Bruno aquella alusión a Alba y el final de su historia de amor le molestó. Pero ambas tenían similitudes. O eso es lo que yo veía.

—No estamos hablando de Alba y de mí —comentó más calmado—. Estamos hablando de ti y de la mejor chica a la vas a conocer en tu vida.

—Eso no lo sabes, Bruno.

—Sí que lo sé.

—Pues como tú digas. Pero no quiero otra vez hablar de lo mismo. Te he explicado ya y se lo he dicho a ella que no estoy enamorada y que lo nuestro terminó. Se acabó. Y me hubiera gustado que eso no pasara, pero no puedo controlar lo que siento.

Mi amigo hizo un gesto negativo con la cabeza y torció el labio en desacuerdo. Dudó en decirme lo que se tenía guardado, pero, finalmente, decidió contármelo.

—El otro día Paloma me dijo que no quería seguir viviendo sin ti.

—Es algo que se dice después de una ruptura, Bruno. Siempre se exagera.

—Lo decía en serio.

—En su estado se dicen muchas cosas que...

—Me hablaba por Skype, con la cámara prendida y un cuchillo en la mano. Delante de mí se lo pasó varias veces por el brazo muy decidida. Quería cortarse, Meri.

Me quedé helada al escuchar a Bruno. Aquello iba más allá de lo que ya había hecho antes. Definitivamente, Paloma no estaba bien. Necesitaba tratamiento de nuevo.

—¿Y lo hizo?

—No. La convencí de que estaba cometiendo un error. Pero no sé si volverá a hacerlo.

—Tiene que ir al psicólogo. ¡Urgentemente!

—Ella es buena, razona, no está mal de la cabeza. Y se ha recuperado de su problema. Hace mucho que no se autolesiona...

—Necesita un médico, Bruno. ¿No lo ves?

—Quizá. Pero si está así es porque te quiere demasiado. Y ya no puede estar contigo. Eso la está matando por dentro.

—No existe ninguna razón, ni ningún motivo coherente para que alguien se quiera hacer cortes en los brazos.

—Si un médico o un psicólogo se entera de lo que ha intentado hacer, la encerrarán otra vez. No lo aguantaría de nuevo. Odia los hospitales —dijo en voz baja muy preocupado—. De verdad que Paloma está bien. Lo que le pasa es por ti. Todo es por ti. ¿No lo comprendes?

Toda la responsabilidad recaía sobre mis hombros y no estaba preparada para ello. Un dolor punzante se instaló en mi frente desde ese instante. Yo era la razón por la que una persona se quería hacer daño a sí misma. No es fácil asumir una noticia de esa magnitud.

—Lo comprendo. Pero ¿qué puedo hacer?

—Ella te ama. Y tú también la quieres. Si vuelves con ella será la Paloma de siempre. La chica de la que te enamoraste y que, en cierta manera, me ha conquistado a mí también.

—Yo no la amo, Bruno. No puedo estar con alguien sólo por compasión.

—No es sólo por compasión.

—Sí que lo es. Si saliera con ella, sólo sería porque me da pena. No sería justo para nadie que eso pasase.

En ese «nadie» incluía también a Laura y creo que Bruno lo percibió, atendiendo a su reacción y las muecas de su cara. Seguramente, Paloma le había hablado de sus sospechas en relación con mi nueva amiga. Precisamente, con Laura había hablado la tarde anterior, aunque no le conté nada de lo que había sucedido en mi casa. No quería preocuparla ni tampoco que me aconsejara sobre qué hacer con Paloma. Ya bastantes estábamos implicados en aquella historia como para meterla a ella también.

—¿Por qué no le das un mes? ¿O un par de semanas? Si no funciona, pues no funcionó. Pero al menos lo habrás intentado. Y eso te honrará como amiga, como persona y como pareja o expareja.

—Sólo sería engañarla, engañarme a mí misma y perder el tiempo.

—Puede ser, pero si no funciona ya no será una sorpresa. Creo que si en unos días se da cuenta de que lo de ustedes no puede ser se lo tomará de otra manera.

No estaba de acuerdo en nada de lo que Bruno decía. Pensaba que dentro de cuatro días, dos semanas, tres meses..., transcurriera el tiempo que transcurriera, Paloma se lo tomaría igual de mal. No podía volver con ella. Por mucho que me doliera el que por mi culpa la estuviera pasando tan mal hasta el punto de amagar con cortarse los brazos.

—Lo siento, Bruno. No voy a hacerlo.

—Meri. Si no lo haces, Paloma...

—No insistas, por favor. No quiero más a Paloma como novia. Es definitivo.

Bruno dejó de caminar y me observó de arriba abajo. Sabía que no estaba pensando nada bueno sobre mí. Pero ni siquiera me lo dijo. Se dio la vuelta y sin despedirse se marchó por otro lado. Me quedé inmóvil unos segundos hasta que logré reaccionar. Tuve la impresión de que en aquel instante estaba perdiendo a un amigo.

Cuando llegué a casa me dolía muchísimo la cabeza. Llevaba muchos días soportando una gran presión. Me tumbé en la cama y cerré los ojos. No logré dormir nada. Apenas comí al mediodía y tampoco concilié el sueño después. Cada minuto me sentía peor e imaginé que las cosas se complicarían todavía más. Es lo que había estado sucediendo. El pozo parecía más hondo y la caída acabaría siendo más profunda. ¿Cuánto? Estaba por ver...

Como no podía dormir, me senté delante de la computadora en la silla nueva que mi madre me había comprado. A decir verdad, era más cómoda que la que se había roto. Entré en mis cuentas de redes sociales y vi las últimas notificaciones que tenía. Ninguna importante salvo un mensaje en Twitter de Laura. Me imaginé que se trataba de una especie de proverbio: «Puede que lo que hacemos no traiga siempre la felicidad, pero si no hacemos nada, no habrá felicidad».

Investigué en Google de quién era aquella frase y en seguida encontré la respuesta: Albert Camus. La leí varias veces y le busqué la relación conmigo.

Había hecho muchas cosas últimamente que no me habían traído, precisamente, la felicidad. Aunque todas con un motivo detrás muy definido y concienciado.

A lo mejor, mi felicidad pasaba por las consecuencias y las circunstancias que ahora estaba viviendo. Sin embargo, sentada en mi silla nueva, necesitaba preguntármelo una y otra vez: ¿era yo realmente feliz en ese momento? Sabía qué contestar. Y no necesitaba Google para encontrar respuesta a eso.

CAPÍTULO 14

¿Cómo volver a ser feliz?

No lo sabía. En realidad, no estaba segura de haber sido feliz alguna vez de verdad. Había pasado épocas mejores que otras, pero siempre estaba sumergida en algo que me atormentaba y que no me dejaba disfrutar de la vida en su totalidad.

Ese momento no pintaba muy bien. Mi mejor amigo estaba muy enfadado conmigo y había roto con la única chica que me había querido. Desolador. Además, no podía dejar de pensar en Valeria y su posible embarazo. Eso afectaría a todo nuestro entorno, quién sabe cuánto y de qué manera.

Aunque pareciera una locura, lo único que me animaba en ese momento era... Laura y su peculiar forma de ser.

Tumbada sobre el colchón, con la música puesta, recordaba las veces que me había llamado «ojos bonitos». Nos habíamos besado en dos ocasiones. Una legal y otra ilegalmente, moralmente hablando. Y por lo que me había dicho e insistido, yo le gustaba. No comprendía cómo era posible gustarle a una chica así, pero había sucedido. Y lo que al comienzo me daba la impresión de ser tan sólo un juego se había transformado en una historia creíble.

—¿Se puede?

Miré hacia la puerta que se acababa de abrir y vi un rostro que me era muy familiar y al que había echado de menos los últimos meses.

—¡Gadea! —exclamé incorporándome—. ¿Cuándo has venido?

—Acabo de llegar.

Estaba tan inmersa en mis pensamientos que ni siquiera había escuchado la puerta de casa. Mi hermana había pasado todo el verano en Inglaterra trabajando de *au pair* para ganarse un dinerillo y mejorar su inglés. No la había visto desde finales de junio.

Nos dimos un gran abrazo y nos sentamos las dos en la cama.

—¿Por qué no me has dicho que venías hoy?

—¡Era una sorpresa! ¿Sorprendida?

—¡Sí! ¡Mucho! Creía que venías la semana que viene.

—Al final, decidí adelantar mi regreso un par de días para no perder más clases.

Mi hermana me estuvo hablando de su gran experiencia en Manchester, la ciudad en la que había estado viviendo con una familia y cuidando de sus tres hijos. Tres meses increíbles. En los que incluso...

—¿Te has enamorado?

—¡Sí!

—¿Cómo se llama el afortunado?

—Paul.

—¿Y es guapo?

—Compruébalo tú misma —comentó con una gran sonrisa—. ¡Paul! ¡Ya puedes venir!

Por la puerta apareció un joven rubio, lleno de pecas, con los ojos más celeste que había visto nunca. Y sí, era muy guapo. Se dirigió hasta mí y me dio un abrazo.

—*Nice to meet you*, Meri —me dijo en su perfectísimo inglés de Manchester, y miró a mi hermana.

—No seas malo, anda. Háblale en español —le pidió Gadea dándole con el codo—. Paul es profesor de español en una escuela de Manchester. Habla castellano mejor que tú y que yo juntas.

—No exageres. Me queda mucho que aprender todavía. Por eso este año lo pasaré en España para perfeccionar el idioma.

Entre los dos me contaron que Paul era el profesor de español de Maddy, la hija mayor de la familia con la que se había quedado Gadea en Manchester. Un día que fue a recogerla a la escuela, se encontraron y charlaron. Se vieron varias veces y se enamoraron.

—Este año dará clases particulares de inglés en

una academia privada en Madrid —señaló mi hermana tomándole la mano.

—No sé si conseguiré que los chicos aprendan algo.

—Vamos, no seas modesto. Maddy decía que eras el mejor profesor que había tenido en su vida. Y el más guapo.

—Qué va.

—Ella también estaba enamorada de ti —dijo Gadea, no sé si demasiado en broma.

—Eso no es verdad.

—Sabes que lo es. Me empezó a odiar desde el día que nos vio besándonos.

—Maddy apenas tiene catorce años. Es normal que pasen esas cosas con esa edad. Las hormonas...

—Pues aquí no vayas a ir enamorando a adolescentes españolas, ¿eh?, o... no volverás de una pieza a Manchester.

—*No problem with that, baby.*

Y se besaron. Hacían una bonita y divertida pareja. Lo más importante es que mi hermana parecía feliz. Le tocaba después de lo mal que lo había pasado con el engaño de su ex. No habían sido unos meses sencillos para ella en cuanto al amor se refiere.

—Bueno, cariño. ¿Por qué no vas a hablar un ratito con mi madre y así se conocen un poco mejor? Pero no le digas nada en inglés, que no tiene ni idea... Nosotras nos tenemos que poner al día.

—«Poner al día.» Lo apunto —dijo Paul sonriente. Le dio otro beso en los labios a Gadea y salió de la habitación.

Cuando las dos nos quedamos a solas, mi hermana me miró algo más seria.

—¿Y por aquí qué tal? ¿Todo va bien? —me preguntó aproximándose un poco más.

—Va. Más o menos —respondí, sin darle detalles de las últimas desastrosas novedades.

—Paul no sabe que eres..., ya sabes..., hasta que no me dieras permiso, no quería hablarle de que eres lesbiana.

—No te preocupes, puedes decírselo.

—Si quieres un día podríamos salir los cuatro a cenar o a tomar algo.

Debía contárselo. No quería mentirle a Gadea. En ella podía confiar. Así que no me anduve con rodeos.

—Terminé con Paloma.

—¿Qué? ¿En serio?

—Sí.

Le relaté detalladamente lo que había sucedido entre nosotras, incluyendo el episodio final en mi habitación y la postura de Bruno. También le hablé de la aparición de Laura y los dos besos que nos habíamos dado. Mi hermana me escuchó atenta y sin pronunciar ni una sola palabra durante diez minutos.

—Vaya, Meri. Lo siento muchísimo —dijo cuando terminé de exponer mi situación actual. Y me dio un gran abrazo.

—No sé cómo he llegado a esto. ¿Por qué me pasan estas cosas?

—Porque no todo sale como uno planea. Los sentimientos cambian.

—Pero me siento culpable.

—Es normal. Esa chica ha significado mucho para ti. Con ella has dado un paso adelante en tu vida. Te importa. Por eso te sientes mal.

—Sí.

—Debes darte tiempo y darles tiempo a ellos. Tanto a Bruno como a Paloma. La situación se normalizará con el paso de los días.

—¿Y si no se normaliza? ¿Y si sigue todo igual durante semanas?

—Entonces tendrás que hablar con ellos, si de verdad quieres tenerlos en tu vida.

—Claro que quiero tenerlos.

—Pues paciencia, hermana. Y confía en que todo volverá a su cauce —indicó Gadea buscando sacarme una sonrisa—. Por cierto, esa Laura, ¿tanto te gusta?

Dudé en qué responderle. Me hizo pensar si de verdad aquella chica me gustaba tanto como podía parecer. Quizá sólo había sido un oasis entre tanta arena.

—Me gusta —reconocí finalmente—. No sé. Es muy guapa, divertida, extrovertida..., me saca de quicio a veces. Pero siempre me sorprende.

—Está muy claro que te gusta mucho.

Me sonrojé y luego lo admití, asintiendo con la cabeza.

—No sé si podrá ser. Está muy reciente lo de Paloma. Empezar a salir con otra chica sería como faltarle al respeto a ella.

—No creo que le faltes al respeto a Paloma si salieras con Laura. Pero en eso sí que no me voy a meter. Depende de lo que tú creas y quieras hacer.

—Si se entera de que salgo con Laura...

—Tendrá que aprender a vivir con eso.

—Lo sé, pero todavía es pronto.

Gadea se encogió de hombros.

Se me hacía muy extraño plantearme comenzar una relación con alguien que no fuese Paloma. Hasta hacía unos días, ni siquiera estaba segura de lo que sentía por ella. ¿Y ahora ya estaba preparada para salir con otra chica? No me parecía la mejor de las ideas. Me gustaba Laura y a su lado me sentía bien. Pero no era todavía el momento de avanzar y buscar algo más. ¿O quizá sí?

—Sólo tú eres la que debe decidir si estás preparada o no para eso.

CAPÍTULO 15

Paul resultó ser un tipo encantador. Su español, como mi hermana había dicho, era tan bueno como el suyo o el mío. Durante la comida pude conocerlo algo mejor. Acababa de cumplir veintisiete años y no siempre la vida le había sonreído como ahora. Se quedó huérfano de padre siendo muy jovencito y pasó un tiempo enfermo por depresión. Con esfuerzo, voluntad y mucho coraje salió adelante. Gadea no paraba de sonreír escuchándolo hablar.

—¿Por qué no te vienes al cine esta noche con nosotros? —me preguntó él, ya en el postre.

—Eso, Meri. ¡Ven con nosotros!

—Queremos ir a una comedia.

—Pero española —comentó Gadea—. Vamos a ver si Paul es capaz de captar el humor de aquí.

—No creo que el humor español sea muy diferente del humor inglés. Los dos terminan en risas. ¿No?

Aquel comentario me hizo sonreír. Que aquel

chico rubio y mi hermana estuvieran en casa me estaba sirviendo de bálsamo durante aquellas horas. No tenía que pensar en Paloma o en Bruno y eso me ayudaba a estar más tranquila.

—No quiero molestar.

—¡Qué vas a molestar! —gritó Paul exagerando los gestos—. ¡Estaremos encantados de que vengas con nosotros!

—¿Seguro?

—Claro que no molestas, Meri —aseguró Gadea.

Al final, me convencieron. Quedé con ellos en que me recogerían alrededor de las siete. Primero debían ir a ver departamentos para Paul. Esos días se quedaría con nosotras en casa hasta que encontrara un lugar donde vivir. Una vez que tuviera departamento, su familia le mandaría algunas de sus cosas desde Manchester. Fue mi madre la que insistió en que nada de hoteles, que en nuestra casa había espacio suficiente para todos.

Después de comer, me despedí de ellos y regresé a mi cuarto e intenté dormir un poco. Lo conseguí hasta que el ruido del teléfono me despertó. Era Valeria.

—Hola, Val —respondí restregándome la mano por los ojos.

—¿Estabas dormida?

—Algo así.

—Perdona, Meri. Es que...

Se quedó callada. En ese momento, reaccioné y

me incorporé de un brinco. Es increíble la cantidad de cosas que se te pueden pasar por la cabeza en menos de un segundo.

—¿No te habrás hecho ya el test de embarazo?

—No. No me lo he hecho —dijo serena—. Por eso te llamo. ¿Me puedes acompañar a la farmacia a comprarlo?

—Es domingo. No sé cuál puede estar abierta por aquí cerca.

—He mirado por Internet las que están de guardia hoy por la tarde.

Valeria me explicó que no quería ir a una farmacia cercana, donde pudieran reconocerla. Prefería ir a alguna en otra zona de Madrid donde nadie supiera quién era.

—¿Hasta Goya?

—Por favor, Meri.

—¿No podemos ir a una farmacia que esté más cerca? ¿A la de Atocha o a la de la calle Mayor?

—¡No! Imagina que me reconoce el farmacéutico o que está por allí uno de los clientes de la cafetería.

—He quedado de verme con mi hermana a las siete para ir al cine.

—Te da tiempo de sobra —indicó ella casi rogándome—. Te prometo que a las siete estás en tu casa.

No me quedó más remedio que ceder. Le prometí que estaría con ella cuando llegara el momento y ese momento había llegado. La recogí en Constanza y juntas caminamos hacia la estación de metro de Ópera, donde tomaríamos la línea dos hasta Goya. Estaba muy nerviosa.

—Tranquilízate —le dije al verla temblando.

—No puedo. ¿Qué hago si estoy embarazada?

—Pues...

—No podría ir a la universidad el año que viene. De hecho, no sé si podría presentarme al examen de selectividad —se contestó a sí misma, sin dejarme responder—. Cambiaría mi vida por completo. Porque tener lo voy a tener. Eso sí que está claro. Clarísimo.

Hablaba muy deprisa. Si se quedaba callada, luego continuaba con lo que estaba diciendo, pero de una forma desordenada y confusa.

—Val, cálmate, por favor. Me estás poniendo nerviosa a mí.

—Lo siento. Pero es que..., es... que puede que sea madre en menos de nueve meses. ¡Madre mía! ¿Tú sabes lo que es eso? ¡Madre de una criatura! ¡Si no he cumplido ni los dieciocho todavía!

Definitivamente, aquél era un buen motivo para estar nerviosa. La comprendía. De ser cierto que estuviera embarazada, estaría viviendo los meses más importantes de su vida. Habría un antes y un después y sus preocupaciones cambiarían de grado y de intensidad. Sin embargo, tenía que intentar que se tranquilizase.

—No adelantes acontecimientos. Puede tratarse sólo de un retraso.

—¿Sabes la de veces que me he dicho eso en los últimos días?

—Imagino que muchas.

—¡Millones de veces! Me iba a la cama, me tumbaba y me repetía decenas de veces: «No te preocupes, Val, sólo es un simple retraso».

—Le ha pasado a muchas chicas.

—Lo sé. Lo sé —repetía nerviosa—. Pero luego me decía: ¿y si no es un retraso? ¡Por Dios, Meri! ¡Si hasta he pensado nombres!

Me apretó el brazo tan fuerte cuando gritó aquello que grité con ella. Me había hecho daño. Menos mal que entramos en el metro y allí se calmó un poco. Por lo menos, no chillaba, ni hablaba tan deprisa.

—Te das cuenta de que en unos meses la gente me cederá su asiento para que no vaya de pie. Es lo que les pasa a las embarazadas, ¿no? —susurró.

Me di una palmada en la frente y moví la cabeza. Aquello estaba llegando a un punto que rozaba la locura. Las especulaciones e insinuaciones de Valeria respecto a lo que pasaría si su embarazo se hacía realidad duraron hasta el final del trayecto. Cuando llegamos a la estación de Goya bajamos del metro y salimos a la calle. El sol aún lucía con fuerza y hacía calor. La farmacia estaba cerca, en el número 69 de la calle, y nos dirigimos hacia ella.

—Estoy como un flan —me comentó deteniéndose a pocos metros de distancia.

—Vamos, Val. Sé fuerte. Lo que tenga que ser será.

—¿Puedes pedirlo tú?

—¿Yo?

—Creo que me desmayaré si hablo.

Le creía. Estaba muy roja y la frente le brillaba del sudor. ¿Y si era verdad que se desmayaba cuando hablara con el farmacéutico? En el fondo, a mí tampoco me reconocerían allí.

—Está bien. Lo haré yo.

Me dio las gracias mil veces, me abrazó y caminamos hasta la farmacia. Cuando entramos, vimos que no éramos los únicos clientes, así que tuvimos que esperar un buen rato. Aquello se hizo eterno. Valeria me agarraba el brazo y lo apretaba con fuerza.

—Perdona, ¿te estoy haciendo daño?

—Un poco. Si sigues apretando así, me vas a hacer un gran moretón.

Val me soltó y me pidió disculpas por no darse cuenta de sus actos. Sólo quedaban dos señoras delante de nosotras. En ese instante, sonó mi teléfono. Se trataba de Laura. Me aparté un poco de la fila y contesté, ante la mirada curiosa de mi hermanastra.

—¿Sí?

—¡Hola, ojos bonitos!

—Hola, Laura, ¿qué tal?

—¿Por qué hablas en voz baja?

—Estoy... algo ocupada.

—No me digas que has vuelto con Paloma.

—¡No! —exclamé, lo que hizo que todo el mundo en la farmacia me mirara, incluida Valeria—. No. No he vuelto con ella.

—Entonces, ¿qué es eso misterioso que estás haciendo? No quiero mentiras, ya lo sabes.

Resoplé. Me estaba arrepintiendo de haber contestado el celular. No era un buen momento para hablar con ella.

—Mi hermana ha vuelto de Manchester y estoy de compras con ella. Necesitaba despejarme un poco de todo y salir de casa.

—¡Ah! ¡Qué bien! Estoy deseando conocerla.

—Sí, bueno..., ya te la presentaré algún día —respondí, sin pensar muy bien lo que decía. Sólo quedaba una persona delante para que llegara nuestro turno y Valeria me apremiaba para que colgara.

—¿Le has contado lo nuestro?

—¿Lo nuestro?

—Sí. Que tienes una chica preciosa y con mucho estilo detrás de ti a la que ya has besado dos veces y estás deseando volver a hacerlo.

Le encantaba hacer ese tipo de comentarios. Sin embargo, yo no estaba en disposición en ese instante de seguirle el juego.

—Laura, te llamo luego, ¿ok?

—¡Oh! Eso significa que no le has hablado de mí a Gadea.

—Tengo que colgarte. Lo siento. Después hablamos.

—Bien, llámame cuando tú puedas. Y dale un beso a tu hermana de mi parte.

—Lo haré. Adiós.

Creo que le molestó que le colgara de esa forma y que no le diera oportunidad de tontear un poco más conmigo. Pero Valeria me necesitaba. Había llegado nuestro turno.

El farmacéutico resultó ser una mujer. Eso me daba más confianza. Tendría unos cuarenta años y su rostro parecía agradable.

—Buenas tardes. ¿Qué desean?

—Pues... queríamos un... quería una... prueba de... embarazo —conseguí responder, con Valeria apretándome el muslo.

La mujer nos miró muy seria cuando se la pedí. Pero no tardó en recuperar su tono agradable y nos trató con mucha amabilidad.

—Esperen un segundo —nos dijo, y se dirigió a la parte trasera de la farmacia.

A Valeria se le iba a salir el corazón del pecho.

—¿No me habrá reconocido y ha ido a llamar a mi madre?

—¡Qué dices!

—A la cafetería viene mucha gente cada día. Igual ha estado allí alguna mañana desayunando y sabe quién soy.

—Val, no digas tonterías. ¡Tranquilízate, que no pasa nada!

—Claro. Tú no tienes un bebé creciendo dentro de tu barriga.

—Ni tú tampoco. De momento —le recordé bajando la voz porque alguien más acababa de entrar en la farmacia—. Espera a hacerte la prueba para darlo por seguro.

Valeria se calló aunque seguía muy tensa. Algo que aumentó cuando la farmacéutica regresó. Puso sobre la mesa varias cajitas y desplegó la mayor de sus sonrisas.

—Éstas son las que tengo.

Y nos estuvo explicando cómo funcionaba cada una y el precio que nos costaría. Una vez que acabó su exposición, Val y yo nos miramos. Creí entender la señal que me hizo y elegí el Test Predictor. Pagué los dieciséis euros que costaba y salimos de la farmacia tras despedirnos y darle las gracias a la simpática farmacéutica.

—¡Dios! Lo tenemos.

—Sí. Ahora sólo falta que...

—¡Calla, por favor! ¡Creo que me va a dar algo!

Le entregué la bolsita con el Predictor a Valeria y regresamos a la estación de Goya. Examiné el reloj del celular y comprobé que en menos de media hora mi hermana y Paul irían por mí.

—No tengo tiempo para ir contigo a casa, Val.

—¿No? ¿Me vas a dejar ahora?

—He quedado de ver a Gadea.

—No puedo hacerlo sola.

—Llama a Raúl y se lo cuentas. Así estarán los dos juntos en esto.

—¿Estás loca? ¡No le diré nada hasta que no lo sepa con seguridad!

No quería dejarla sola en un momento como aquél. Seguramente, no se atrevería a hacer nada sin alguien a su lado. Pero si anulaba lo del cine tendría que mentirle a mi hermana y a Paul o contarles lo que estaba pasando. Estaba harta de mentir y tampoco iba a explicarle lo del posible embarazo de mi hermanastra.

Así que...

—¿Eres capaz de esperar a esta noche para hacerte el test de embarazo?

CAPÍTULO 16

Cuando llegué a mi casa, Gadea y Paul ya estaban esperándome. Les dije que había ido a ver a Valeria, sin explicarles el motivo, y que me había retrasado un poco porque el tiempo se me había echado encima.

—No te preocupes. La película empieza a las ocho y ya tenemos comprados e impresos los boletos —comentó mi hermana dándonos a cada uno el suyo.

Nos despedimos de mi madre y los tres caminamos hacia los cines de Callao. Llegamos con bastante tiempo de antelación, así que decidimos entrar en Starbucks. Cada uno nos pedimos un *frappuccino* diferente. Yo opté por uno mediano de fresa. Nos sentamos en una de las mesitas de fuera a esperar que dieran las ocho.

—¿Tuvieron suerte con lo del departamento? —les pregunté, mientras disfrutaba de una suave brisilla que se había levantado.

—No demasiada. Hemos visto tres —indicó Gadea—. Pero ninguno nos ha gustado.

—¿No? Vaya.

—O eran muy pequeños, o no estaban amueblados, o eran muy caros.

—El problema principal es el precio —añadió Paul—. Ganaré menos dinero en la academia que de profesor en la escuela. Y aunque tenga un poco ahorrado, no sé si podré aguantar todo un año.

—Hasta hemos pensado en... irnos a vivir juntos este año.

¡Irse a vivir juntos! Eso sí que era una decisión valiente. Me sorprendió que mi hermana se planteara algo así.

—¿Has hablado con papá y con mamá del tema?

—No. Es algo que se nos ha ocurrido esta tarde. No sé, quizá entre los dos podemos conseguir un departamento mejor y repartir los gastos. Hasta podría buscar un trabajo para pagar mi parte.

—A mí me encantaría tenerte de compañera de departamento —indicó sonriente Paul.

—A mí también me gustaría mucho.

Los dos se miraron con gran intensidad y terminaron dándose un beso apasionado en los labios. Me alegraba ver a mi hermana tan feliz, con aquel chico rubio tan guapo. Aunque no estaba muy segura de que a mis padres les agradara tanto que Gadea se marchara a vivir con alguien prácticamente desconocido. De hecho, mi padre aún no sabía ni de la existencia de Paul.

En pleno beso, mientras daba otro sorbo a mi

frappu de fresa, sonó mi celular. De nuevo era Laura. Me levanté, me alejé un poco de ellos y respondí.

—¿Sí?

—Ojos bonitos, ¿ya estás en casa?

—Pues... no. Voy al cine ahora con mi hermana y con su novio.

—¿Al cine?

—Sí. En Callao. Me han pedido que vaya con ellos.

—¿Puedo ir con ustedes?

—¡No! —exclamé algo nerviosa—. La película empieza en diez minutos.

—Me da tiempo a llegar si tomo un taxi. ¿Qué me dices?

Me puse la mano en la cara y me froté los ojos. Algunas veces Laura conseguía sacarme de mis casillas. Pero en esta ocasión no iba a convencerme.

—Que no.

—¿Por qué no? Será divertido.

—Laura, no. Cuando salga del cine te llamo.

—Eso dijiste antes y te he tenido que llamar yo.

—Perdona. Se me pasó —me disculpé. Tenía razón, debí llamarla—. Mi hermana quiere pasar tiempo conmigo. Llevábamos muchos meses sin vernos. Se me fue la cabeza... Lo siento.

—Bien. Lo entiendo —indicó con su voz cantarina y risueña.

—¿Lo entiendes? —no estaba acostumbrada a que me entendiera a la primera.

—Claro. *No problem.* ¿Entonces me llamas cuando salgas del cine?

—Sí. Cuando acabe la película será lo primero que haga.

—Genial. Pues esperaré ansiosa volver a escuchar tu preciosa voz.

Aquello me hizo sonreír. Ya no sólo le gustaban mis ojos, también le parecía bonita mi voz. Parecía un juego en el que seguía sumando puntos.

—Laura, me están esperando.

—Muy bien. Que disfrutes con la película. Y llámame cuando termine.

—Lo haré. Hasta luego.

—Por cierto, ¿qué van a ver?

—*La gran familia española.*

—¡Súper! ¡Adiós, ojos bonitos!

Cuando colgó me quedé un instante parada, mirando el celular. ¿Por qué le había dicho que no viniera? Sólo era ver una película. Nada más. Estuve tentada de volver a llamarla y decirle que viniera, pero no lo hice. Podía tomarlo como una cita y seguía siendo pronto para eso. Paloma estaba muy reciente.

Guardé el teléfono y regresé a la mesa de Starbucks. Sólo estaba Paul.

—Tu hermana ha ido al baño.

—Ah. Bien.

—¿Era algún novio? —me preguntó, mostrándome una sonrisa pícara.

—¿Cómo?

—El del teléfono. Se te veía muy acaramelada a él.

—¡Ah! No, no. Era una amiga.

—¡Pensaba que era tu novio!

Estaba claro que mi hermana todavía no había hablado con él acerca de mi condición sexual. Y tampoco iba a hacerlo yo en ese momento. No veía oportuno contarle que a mí lo que me gustaban eran las chicas. Prefería que fuera Gadea la que lo hiciera o, al menos, que ella estuviera presente cuando hablara del tema.

Seguimos charlando haciendo tiempo. Aquel joven era simpatiquísimo. Tenía un sentido del humor muy particular y me hacía reír cuando hablaba. Sin embargo, no es oro todo lo que reluce.

Mi hermana tardaba demasiado. Estaba a punto de ir en su búsqueda cuando recibí un WhatsApp.

«Hay una cola tremenda en el baño porque está descompuesto el de chicas. ¿Por qué no van entrando y compran las palomitas y las Coca-Colas?»

Le comenté a su novio el mensaje que había recibido de mi hermana y dio el visto bueno. Le respondí a Gadea afirmativamente y entramos los dos en el cine.

No había mucha gente comprando palomitas, así que no tardamos en hacernos de tres cubos pequeños y tres refrescos.

—¿Es la sala dos? —me preguntó Paul sujetando como podía lo suyo y lo de mi hermana.

—Sí. En la dos.

Entramos y nos colocamos en la fila once, en la parte izquierda de la sala. Todavía las luces estaban encendidas.

—A ver qué tal la película—comentó él introduciendo la mano en su cubo de palomitas—. Hacía mucho que no venía al cine.

—Yo voy de vez en cuando con mis amigos.

—Espero entenderlo todo.

—Seguro que sí. Tu español es perfecto.

—Tengo que mejorar —reconoció masticando el puñado de palomitas que se había metido en la boca.

—Mi hermana te ayudará en lo que haga falta.

—Tu hermana es genial. Estoy muy enamorado de ella.

Se notaba que lo decía de verdad, con el corazón. Realmente, daba la impresión de estar enamorado de Gadea.

—Me alegro de que haya encontrado a alguien que la quiera tanto. Se lo merece.

—Intentaré hacerla muy feliz. Espero que tus padres no se enfaden mucho cuando les digamos que nos vamos a vivir juntos.

—Primero tienen que encontrar departamento.

Paul sonrió. Dio un sorbo a su refresco y aproximó su cara a la mía.

—¿Te cuento un secreto? —me dijo en voz baja—. Pero no se lo digas a nadie.

—No diré nada.

Un nuevo secreto que guardar. Me estaba haciendo especialista en no contar a nadie lo que la gente me contaba. Pero estaba muy intrigada por lo que escondía aquel chico rubio de Manchester.

—Ya tenemos departamento.

—¿Qué? Pero... ¿cómo?

—La decisión de irnos a vivir juntos la teníamos tomada desde hace tiempo. Pero no podíamos llegar y soltarlo a las primeras de cambio. Es mejor que tus padres me conozcan un poco primero.

Me quedé boquiabierta, sin poder decir nada. Así que desde que llegaron Gadea y Paul habían estado actuando. Tenían planeado todo antes de volar a Madrid.

—Entonces, ¿hoy no fueron a ver departamentos?

—¡Sí! Uno. En el que nos vamos a quedar. Ya habíamos hablado con la dueña antes de verlo. Lo encontró tu hermana en una página de Internet y nos encantó a los dos. Sólo nos faltaba verlo y dar el sí. Pero hasta el viernes no podemos entrar en él. Así que... tendremos que seguir haciendo como que buscamos departamento un par de días más.

Era una locura, aunque, pensándolo bien, aquel plan no era nada malo. Ganaban tiempo para que mis padres lo conocieran un poco más y no se llevaran un gran susto cuando les dijeran que se iban a vivir juntos.

—¿Por qué no me lo dijeron antes?

—Gadea no quiere contárselo a nadie.

—¿Y por qué me lo cuentas a mí?

—Eres una buena chica. Confío en ti. Pero no le digas a tu hermana nada, ¿eh? —me pidió guiñando un ojo—. Hemos pagado mil quinientos euros de adelanto.

—¿Ya pagaron?

—Sí, dos meses de alquiler como adelanto y depósito.

—Quiero verlo.

En ese instante, la puerta del cine se abrió, pero no era Gadea la que entraba, sino dos chicos que iban tomados de la mano. Paul los siguió con la mirada hasta que se sentaron en la fila de delante de nosotros y se dieron un beso en los labios.

—No lo puedo creer —me susurró al oído.

—¿Qué pasa?

—Con lo grande que es el cine y los maricones se sientan delante de nosotros. No lo soporto. Qué asco.

Me quedé helada al escucharlo hablar así de aquellos chicos.

—No tengo nada en contra de ellos. No soy homófobo, no me entiendas mal —continuó diciendo—. Pero no comprendo cómo un hombre puede acostarse con otro hombre. Es algo que está fuera de mi entendimiento. Es antinatural.

¿Antinatural? Sin quererlo, me estaba diciendo que yo no era natural, que mis sentimientos y mi condición no eran normales. Su opinión sobre la homosexualidad me daba náuseas. Aquellos comentarios sí que eran homófobos.

—¿Te molesta si nos cambiamos de sitio? Estoy incómodo aquí.

Estuve a punto de llevarle la contraria. Explicarle que yo sentía como ellos, que me gustaban las chicas y que eso no era nada antinatural. Que era una persona normal y corriente y él un estúpido homófobo. Sin embargo, no lo hice. Me levanté en silencio cuando él se puso de pie y lo seguí hasta la otra parte del cine, tres filas más adelante. Allí no teníamos a la vista a la pareja gay.

Unos segundos más tarde llegó Gadea, que besó a su novio en cuanto se sentó. Yo estaba inmóvil, asombrada y dolida por lo que Paul había comentado sobre los homosexuales. Estaba segura de que mi hermana no estaba al corriente de su manera de pensar.

—¿Qué tal, chicos? ¡Menos mal que he llegado a tiempo! No se imaginan qué cola había en el baño.

Sonreí a duras penas. Las luces se apagaron y la película comenzó. En cambio, yo sólo podía pensar en lo que Paul había dicho. ¿Creería lo mismo de las lesbianas? Posiblemente, sí. Su concepto sería el mismo. Y eso significaba un gran problema. Gadea estaba a punto de irse a vivir con un tipo que menospreciaba a los homosexuales como yo. Un tipo del que estaba enamorada y que la hacía feliz.

Definitivamente, aquél era un nuevo gran problema.

CAPÍTULO 17

Si aquella película pretendía hacer reír a los espectadores, conmigo no había conseguido su propósito. Debía de ser la única. Pero no podía culpar ni al director, ni a los actores. Tras haber escuchado hablar a Paul sobre los homosexuales, lo que menos quería era reírme a su lado.

—Qué risa. Me ha gustado mucho —indicó mi hermana, ya fuera del cine—. ¿Has entendido todos los chistes?

—¡Claro! —respondió convencido su novio—. Bueno, casi todos.

—¡Pobre! No te preocupes, que de aquí a un par de meses comprenderás completamente el humor español.

Y tras darle un beso en la boca, Gadea se agarró a su cintura para caminar más pegados. Me dio rabia aquel beso. Ese y todos los que vinieron después. La imagen que tenía de él había cambiado por completo. Ya ni me hacía gracia, ni lo veía simpático.

Hasta me dejó de parecer guapo. Me molestaba muchísimo que fuera el novio de mi hermana. Pero no podía decirle nada. Por lo menos, no en ese momento. No sabía qué hacer.

—¿A ti te ha gustado la película, Meri? —me preguntó Paul.

—Bueno..., no ha estado mal.

—No te he visto reírte casi nada —insistió él.

—No es un tipo de cine que me apasione.

—La próxima vez iremos a ver una de asesinatos.

No habría una próxima vez con aquel idiota, lo tenía claro. Su forma de pensar no podía tolerarla de ninguna manera. Sin embargo, mi hermana se había enamorado de él. ¿Debía advertirle o dejar que ella misma se diera cuenta?

Le di muchas vueltas mientras regresábamos. Estaba tan pendiente de aquel asunto que se me olvidó por completo llamar a Laura. En cambio, ella se encargó de recordármelo muy pronto. Cuando mi teléfono sonó y vi su nombre iluminado en la pantalla, me vino a la cabeza rápidamente la promesa que le hice de llamarla en cuanto acabara la película.

—Lo siento —fue lo primero que dije al descolgar—. Lo siento muchísimo.

Retrocedí unos cuantos pasos y me separé de mi hermana y de Paul para poder hablar tranquilamente con ella.

—Vas a ver, ojos bonitos. Vas a ver —dijo regañándome—. Ciento y un minutos esperando.

—¿Ciento y un minutos?

—Sí, lo que dura la película. O eso es lo que dice en la página de *Fotogramas*. Hasta he puesto un cronómetro en marcha y una alarma. Te he dado unos minutos extra por si les habían puesto demasiados tráileres y se había retrasado el comienzo.

No sé si era en serio o no lo de la alarma y el cronómetro. La veía capaz de eso y más. El caso es que se me había pasado otra vez llamarla. Le debía una.

—Te lo compensaré.

—¿Sí? ¿Cómo?

—Pues... no sé. Deja que lo piense esta noche.

—¿No vas a decirme que te pida un deseo?

—Yo no soy como tú —señalé sonriendo—. Si te ofreciera un deseo, seguro que me pedirías algo inmoral.

Laura soltó una gran carcajada. Incluso tuve que apartar un poco el auricular del oído de lo fuerte que se estaba riendo.

—Tienes razón. Mi petición sería totalmente inmoral.

—Ya te voy conociendo.

—Sabes que puedes conocerme más cuando tú quieras. Muchísimo más.

Tragué saliva y resoplé. ¡Me estaba echando los perros descaradamente! ¡A mí! Fue tal el desconcierto que no supe qué responderle. Además, Gadea y Paul habían ralentizado su marcha y parecían caminar más lentos a propósito para esperarme.

—Laura, me encantaría hablar contigo un rato, pero...

—Te tienes que marchar con tu hermana y su novio.

—Exactamente.

—¿Van a cenar juntos?

—No lo sé.

No tenía ganas de cenar con ellos. No quería compartir más tiempo ni más espacio con Paul. Lo único que quería era llegar a casa y encerrarme en mi habitación a descansar. Tumbarme y olvidarme de todo durante unas cuantas horas.

—Está bien. No te voy a presionar más —dijo calmada—. Te iba a invitar a cenar, pero no creo que quieras. Así que por hoy... te desharás de mí. Nos vemos mañana en la escuela. Irás, ¿verdad?

—Sí, no puedo faltar más.

—Pues te veo mañana en clase.

—Muy bien, Laura. Mañana nos vemos en... —al mencionar Laura la escuela y la clase, rápidamente, recordé que... ¡Había quedado con Valeria para lo de la prueba de embarazo!

Eran más de las diez de la noche y lo que menos quería en ese momento era ir a la casa de mi hermanastra a ver qué le decía el Predictor. Pero no me quedaba otro remedio.

—¿Estás bien, ojos bonitos?

—Sí, sí. Sólo que he recordado que tengo que hacer algo antes de irme a dormir.

—Siempre pensando en los estudios... Qué responsable eres.

—No puedo evitarlo —señalé sin más—. Mañana nos vemos, Laura. Que descanses.

—Sueña con algo bonito. Hasta mañana.

—Hasta mañana.

Colgué y corrí inmediatamente hasta donde estaban mi hermana y Paul. Aquel día estaba siendo una auténtica locura. Y todavía no había terminado. Faltaba el último capítulo.

—¿Todo bien, Meri? —me preguntó Gadea, al verme nerviosa y acelerada.

—Sí. Pero tengo que ir a casa de Val a recoger una cosa.

—¿A estas horas?

—Sí. Es que... son tareas de la escuela para mañana —mentí.

—Entonces, ¿no cenas con nosotros? Vamos a ir al Foster's Hollywood.

—Vayan ustedes. Yo los veo más tarde en casa.

—Me da miedo que vayas sola de noche —comentó Gadea preocupada—. Te acompañamos.

—No, no se preocupen. Estoy acostumbrada. La casa de Valeria no está lejos. Y todavía hay mucha gente en la calle. Luego, le pediré a papá que me lleve en coche de regreso.

Trataba de mirar únicamente a mi hermana cuando hablaba. Intentaba ignorar a Paul, no darle ninguna oportunidad para que nuestras miradas coincidieran. Si eso sucedía, tenía miedo de que se me notara el desprecio que me provocaba.

—Bueno, pero ten cuidado. Mándame un WhatsApp cuando estés con ella.

—Lo haré.

Ni siquiera me despedí de ellos. Me di la vuelta y me marché en otra dirección. Aquel domingo estaba siendo excesivamente complicado: el enfado con Bruno, enterarme de lo de Paloma, el problema con el novio de mi hermana y todavía me quedaba saber el resultado de la prueba de embarazo de Valeria. Y eso que algunos dicen que los adolescentes no tenemos problemas reales.

Repasé mentalmente todo lo que había sucedido ese día y llegué a la conclusión de que estaba siendo sometida a mucha presión. Demasiada. Mi cuerpo no daba más de sí. Las historias se habían ido construyendo paralelamente en el tiempo y aquel domingo se habían unido todas.

Sentí como la respiración me empezaba a fallar. Me costaba caminar y la cabeza me iba a explotar. Tuve que detenerme un par de minutos y sentarme en una banca para controlar la ansiedad. No quería irme al suelo y sufrir un desvanecimiento en medio de la calle. Cuando me sentí mejor, me incorporé y proseguí mi camino. Se estaba haciendo muy tarde.

Llegué al edificio donde vivía Valeria y oprimí el botón del interfón de su departamento. Fue ella misma la que respondió.

—¿Hola? ¿Meri?

—Sí. Soy yo. ¿Me abres?

—Sí. Sube.

—Voy.

Sospechaba que estaría muy nerviosa e inquieta. Era para estarlo. En pocos minutos sabría si su vida cambiaría para siempre. Imaginaba lo mal que la debería estar pasando por la incertidumbre. Si aquella prueba de embarazo daba positivo...

Desde el final de la escalera la vi. Estaba asomada a la puerta y me pedía que me diera prisa. Entré en el departamento y cerró, poniendo la cerradura.

—Estoy sola. Tu padre y mi madre no han llegado aún.

—Mejor.

—¡No puedo con mi vida! —exclamó, mientras atravesábamos el pasillo y entrábamos en su cuarto—. ¡No lo encuentro por ningún lado!

—¿A qué te refieres?

—¡Al Predictor!

—¿Qué dices? ¿No lo encuentras?

—Lo he buscado por todas partes y no aparece —continuó contándome—. Por eso te he enviado antes el WhatsApp.

—¿Qué WhatsApp?

—¡El que te mandé hace un rato y no me respondiste!

Examiné mi celular y descubrí que había un mensaje de Valeria sin abrir. En él me preguntaba si yo tenía el test de embarazo, que no lo encontraba en la casa. ¡Cómo se me había pasado por alto! Lo había recibido cuando el celular estaba en silencio en el cine. Entre una cosa y otra no me había dado cuenta. ¡Qué estúpida!

—Perdona, no lo había visto. Llevo un día de locos y no me doy cuenta de la mitad de las cosas. Lo siento, Val.

—Entonces, ¿no lo tienes tú?

—No. Yo no lo tengo.

—Mierda. ¿Dónde estará?

Estuve ayudándola a buscarlo durante más de media hora. En ese tiempo mi hermana me escribió preguntándome si había llegado bien. Respondí que sí, sin darle explicaciones, y me centré otra vez en la búsqueda del Predictor.

—Val, ¿no lo habremos dejado en la farmacia?

—No. Recuerdo tenerlo en el metro.

—¿Y si lo tomó tu madre?

—¡Imposible! No ha venido a casa en toda la tarde —comentó alterada—. Además, ¿tú crees que si mi madre encontrara un test de embarazo no me habría interrogado hasta que tuviera una respuesta?

Su madre y la de cualquiera. Que tu hija adolescente tenga en su poder un Predictor es como para someterla a interrogatorio. En cualquier caso, la respuesta siempre sería la misma. Una prueba de embarazo no sirve para otra cosa que para saber si estás embarazada o no. Así que, por muchas vueltas que se le dé al tema, todo en sí es muy evidente.

Las dos nos sentamos exhaustas en el sofá de la sala. Habíamos puesto la casa patas arriba y continuaba sin aparecer.

—Piensa, Val, ¿dónde lo viste por última vez?

—No me acuerdo. En el metro... tal vez.

—¿Recuerdas haber abierto la puerta de casa con él en la mano?

Valeria intentó recordar, pero estaba tan nerviosa que todo en su mente era difuso. No se acordaba de nada.

—El metro es mi último recuerdo. Después no me acuerdo de nada más.

—¿No lo habrás dejado allí?

—Uff. ¿En el metro? Puede ser.

—Piensa un poco más. Estaba metido en una bolsita. ¿Dónde tenías esa bolsita cuando entramos en la estación?

—En la mano. En el vagón creo que la tenía.

—¿Y cuando bajaste? ¿Seguías con ella?

Entonces, como por arte de magia, Valeria recordó un detalle que hasta el momento se le había pasado por alto.

—Ya sé dónde está, maldición. ¡Mierda! —exclamó poniéndose las manos en la cara—. Creo que lo he dejado encima de la máquina de chicles de la estación.

—¿En serio?

—¿No te acuerdas de que se me desató la agujeta del zapato y paré unos segundos para atármela?

—No, no me acuerdo.

—Pues lo hice. Y coloqué la bolsita con el Predictor encima de la máquina de chicles. Estaba tan preocupada por todo, tan bloqueada, que hasta diez minutos después de llegar a casa ni me paré a pensar dónde había puesto el test de embarazo.

Gran error. Y dieciséis euros perdidos. A no ser que...

—¿Y si sigue allí?

—¿Cómo va a seguir allí? ¡Han pasado varias horas!

—Podemos mirar. No perdemos nada —indiqué albergando alguna esperanza—. Nadie se fija en esas máquinas de chicles.

—¿Vamos entonces?

—Tú eres la que debe decidirlo. El Predictor es para ti.

Aquel comentario terminó de convencer a Valeria. Salimos de su casa y nos dirigimos a toda velocidad a la estación de Ópera, donde, horas antes, había dejado una bolsita que contenía un test de embarazo.

Llegamos a la boca de metro y bajamos la escalera hacia los torniquetes.

—No hace falta que pasemos las dos —comentó Val—. Con que vaya yo es suficiente. Así no tienes que comprar tú otro boleto.

Le di la razón. Compró un boleto y pasó al otro lado. Se despidió de mí cruzando los dedos, rogando por que todo saliera bien. Esos tres o cuatro minutos se hicieron eternos. Estuve sentada en uno de los peldaños de la escalera de entrada a la estación. No dejaba de hacerme una pregunta tras otra, reflexionando sobre las cosas que habían sucedido en aquel domingo extraño. No era normal que ocurrieran tantas situaciones raras y complicadas en tan poco tiempo. Desde que pasó lo de Elísabet... ¿Habría alguna maldición sobre nosotros? Rápidamente, descarté aquella teoría absurda. Si me planteaba algo así, es que yo también me había vuelto loca.

Sin embargo, visto lo visto, habría que empezar a considerar cualquier teoría posible. Incluso las paranormales: Valeria regresó con la bolsita que nos habían dado en la farmacia, pero sin el test de embarazo dentro.

CAPÍTULO 18

Alguien había sido tan «considerado» que había dejado la bolsita de la farmacia encima de la máquina, sujeta con un chicle masticado, y se había llevado el test de embarazo. Así de paranoica puede llegar a ser la gente.

Valeria y yo llegamos a su casa completamente desoladas. Mi padre y su madre ya habían regresado, así que tuvimos que inventar una excusa convincente sobre nuestra ausencia para que no sospecharan nada. Lo de haber cenado en un restaurante chino por un capricho de Val fue suficientemente creíble para los dos a pesar de que a ninguna nos entusiasma la comida china. Pero funcionó, afortunadamente.

Mi padre se ofreció a llevarme a casa para que no caminara sola de vuelta. Ni siquiera nos dio tiempo de planear el siguiente paso. Así que cuando ya estaba dentro del coche le escribí un WhatsApp: «No te preocupes más de la cuenta. Mañana hablamos y buscamos una solución. Descansa esta noche e intenta no pensar demasiado en lo que ha pasado. Un beso, hermanastra favorita».

Sin embargo, Valeria no me respondió. Imaginé que tendría que estar destrozada, sin ánimo ni para contestar mi mensaje. Mantener la incertidumbre un día más, sin saber si estaba embarazada o no, debía de ser horrible. Además, todo el capítulo vivido con el Predictor la había desgastado aún más. Me daba mucha pena, pero estaba agotada y sin capacidad para continuar insistiéndole sobre que se animara. Por otra parte, yo tenía mis propios problemas. Uno de ellos me lo encontraría en cuanto pisara mi casa. Me agobiaba saber que iba a dormir bajo el mismo techo que aquel tipo.

Mi padre se estacionó justo delante del edificio. Iba a despedirse de mí cuando de repente sentí un impulso irrefrenable de hablarle de Paul.

—¿Sabes que Gadea tiene novio?

Su gesto se torció. Frunció el ceño y masculló en un tono poco agradable.

—¿Un novio? ¿Quién es?

—Un chico que conoció en Manchester —respondí, como si no le diera ninguna importancia a lo que estaba diciendo—. ¿No te lo ha presentado?

Evidentemente, sabía que no. Ni se lo había presentado ni conocía su existencia. Reconozco que en aquel momento saqué a relucir mi lado oscuro. Pero de alguna manera me veía forzada a actuar.

—Pues no. No me lo han presentado. ¿Está aquí?

—Sí, ha llegado hoy con Gadea.

—Sabía que tu hermana había venido hoy de Inglaterra. De hecho, he quedado con ella para desayunar mañana. Pero no tenía ni idea de que había venido acompañada. ¿Hasta cuándo se queda ese chico?

—No se va.

—¿Cómo que no se va?

—Va a vivir en Madrid un año. Dando clases en una academia. Es que es profesor —añadí—. Tiene veintisiete años.

Podía percibir como mi padre poco a poco se iba inquietando cada vez más y su frente estaba más arrugada. Apagó el motor del coche y quitó las llaves del contacto.

—¿Y dónde se va a quedar?

—En casa. Pero creo... —y bajé el tono de voz—. Creo que él y Gadea ya tienen departamento para irse a vivir juntos.

—¿Qué? ¿Vivir juntos?

Aquél fue el detonante definitivo para que mi padre perdiera los estribos. Nadie le había informado de aquella historia. Que su hija se marchara a vivir con un desconocido no le parecía normal.

Bajamos del coche y subimos al departamento. Mi madre fue la que nos recibió.

—Hombre, Ernesto. ¿Qué haces por...?

—¿Dónde está Gadea?

—Todavía no ha llegado.

—¿Tú le has dado permiso para que se vaya a vivir con ese novio suyo al que ni siquiera conozco?

—¿Se van a vivir juntos? Es la primera noticia que tengo —indicó mi madre incrédula—. Lo que tu hija y Paul me contaron es que están buscando un departamento para él.

Los dos me miraron a mí. Yo me encogí de hombros y me marché a mi habitación. Tumbada boca arriba en la cama, los escuchaba hablar. Durante un rato estuvieron conversando sobre aquello de lo que se acababan de enterar. En cierta manera, me sentía un poco culpable por haberle fastidiado el plan a mi hermana. Pero, por otro lado, con mis padres en contra, sería más difícil que se fueran a vivir juntos.

Cuando Gadea y Paul llegaron a casa se dieron de bruces con el enfado de mis padres. La tensión fue creciendo hasta desembocar en gritos. Los tres se echaron en cara muchas cosas y aquello empezaba a no gustarme. Mi intención no era que se lanzaran cuchillos envenenados en cada frase.

Al único que no se le escuchaba hablar era al profesor de Manchester.

Era tanta la crispación existente que tuve que salir de mi cuarto para intentar calmar las cosas. En cambio, cuando mi hermana me vio, su ira se centró en mí.

—No podías estar calladita, ¿verdad? —me dijo muy enfadada—. Todo esto es por tu culpa.

—No, Gadea. No le eches la culpa a tu hermana —me defendió mi padre—. La culpa es tuya por no hacer las cosas bien.

—¿Y qué querías que hiciera? Si les hubiera dicho que me iba a vivir con mi novio, hubieran reaccionado precisamente así.

—Irte a vivir con un chico es algo muy serio.

—¡Es mi novio! ¡Soy mayor de edad! ¿Qué es lo que esperaban?

—Que se conozcan más antes de dar un paso tan importante.

—¿Más? Lo conozco perfectamente.

Mi hermana y mi padre discutían como si Paul no estuviera delante. El chico miraba atónito a ambos cuando lo nombraban, sorprendido por la que se había armado en un momento. Si no me cayera tan mal, me hubiera dado lástima. Pero no se merecía mi compasión. Al contrario, si aquella discusión servía para que no se fueran a vivir juntos, habría valido la pena. A pesar de los gritos y los reproches.

—No te vas a ir a vivir con él —sentenció mi padre, poniendo un autoritario punto final a la conversación.

—¿Que no? ¡Eso ya lo veremos!

—Pues sí, lo veremos.

—Esto es increíble...

Gadea, enfurecida, agarró a Paul de la mano y lo arrastró hacia la puerta. Abrió, salieron y cerró con violencia. El portazo se escuchó desde la sala.

—Está demasiado consentida —soltó mi padre, que echaba humo.

—¿Me estás echando a mí la culpa de esto? —preguntó mi madre molesta.

—Vive contigo.

—¿Y eso qué tiene que ver?

—Que si siempre ha hecho lo que ha querido es porque tú la has dejado.

Y así es como comenzó otra de las clásicas discusiones entre mi padre y mi madre. Duró más de una hora. Gadea y Paul no regresaban y yo me marché a mi cuarto de nuevo, harta de aquel maldito domingo. Me tapé la cabeza con la almohada e intenté dormir.

No lo conseguí hasta bien entrada la madrugada.

Sin embargo, cuando el reloj acababa de dar las tres de la mañana, la puerta de mi dormitorio se abrió. Me desperté y me encontré a mi hermana sentada en la cama, a punto de zarandearme.

—Hola —le dije con voz soñolienta.

—Hola, perdona por despertarte.

—No te preocupes —murmuré incorporándome un poco. Me puse la almohada detrás de la espalda y me apoyé contra la pared—. ¿Cuándo has vuelto?

—Hace veinte minutos.

—No te he escuchado llegar.

—He entrado de puntillas —dijo sonriendo, lo que me dio a entender que estaba de mejor humor y me había perdonado por revelar sus planes.

—¿Has hablado con mamá?

—Sí. He hablado con ella. Pero mañana lo haré con más tranquilidad. Sólo le he dado las buenas noches y le he dicho que no me voy a ir a vivir con Paul de momento.

Aquello terminó de espabilarme. No esperaba esa noticia.

—¿No? ¿Y eso?

—No quiero una guerra con papá y con mamá —indicó—. Ha sido el propio Paul el que me ha convencido de que es mejor que esperemos un poco. El departamento ya lo tenemos pagado, aunque no pueda entrar hasta el viernes.

—¿Y dónde se quedará estos días?

—En un hotel. Uno barato de por aquí cerca.

—¿No va a quedarse con nosotras?

—No. Prefiere estar en un hotel para no ocasionar más problemas.

—Siento que se haya formado todo este lío.

En realidad, no lo sentía. Sentía que mi hermana hubiera discutido y se hubiera enfadado con mis padres. Pero no sentía en absoluto que, de momento, no se fueran a vivir juntos. Aunque fuera de manera provisional. Quizá en ese tiempo Gadea descubriera la fobia de su novio a los homosexuales.

—¿A ti te cae bien Paul? —me preguntó algo nerviosa.

—Pues... no me ha dado tiempo a conocerlo mucho —respondí intentando ser lo más diplomática posible.

—Ya. Pero ¿qué te parece?

Tanta insistencia tenía que ser por algo. Tal vez, Gadea había notado ya mi hostilidad hacia su novio. Después del cine, apenas había cruzado con él un par de frases y, durante la discusión con mis padres, no lo había defendido. A lo mejor se había dado cuenta de que odiaba a aquel tipo.

—Que es tu novio y...

—¿Es por lo que te dijo en el cine antes de que yo llegara? —me interrumpió—. ¿Por eso te cae mal?

¿Se lo había dicho? ¿Le había contado lo que me había comentado de la pareja de gais? No lo podía creer. No podía creer que le hubiera reconocido su homofobia a mi hermana y ésta estuviera tan tranquila.

—Es que es normal que no vea con buenos ojos a un tipo que odia a los homosexuales.

—Él no odia a los homosexuales.

—Gadea, Paul es homófobo.

—¡Qué va! Simplemente, es un bromista —me dijo sonriendo—. A mí tampoco me gusta que haga bromas de homosexuales. Y se lo he dicho hoy. No te preocupes, que no volverá a hacerlo. Y menos después de explicarle que tú...

—¿Se lo has dicho?

—Sí, se lo he contado. Creo que tenía que saberlo. Se ha sentido fatal al enterarse y te manda millones de disculpas por sus bromas.

—Lo que dijo en el cine no eran bromas.

—Claro que lo eran.

Mi hermana me lo repitió varias veces ante mi negativa. Estaba segura de que Paul había hablado despectivamente de aquellos chicos y sobre los homosexuales en general, no sólo eran simples bromas. Pero Gadea continuaba defendiéndolo. Decía que lo conocía muy bien y que su forma de pensar no era la que yo insinuaba. No quería seguir discutiendo más, así que di por finalizada la charla.

—Está bien. Quizá lo interpreté mal.

—Seguro, Meri. Él no es así. Es un buen chico, te lo aseguro —insistió—. ¿Cómo iba a salir yo con un homófobo sabiendo además que tú eres lesbiana?

Pues lo estaba haciendo, aunque pensara que no. Aquel tipo había jugado bien sus cartas. Sabía que había metido la pata, que se había mostrado más de lo que debía y que su forma de pensar podría perjudicar su relación con mi hermana. Mi reacción le había señalado el camino. Había descubierto que mi frialdad hacia él era fruto de lo que pasó en la sala de cine. Ahora sería más complicado demostrar su homofobia. Lo peor de todo es que en el fondo sabía que me detestaba por mi condición sexual y que iba a disimular cada vez que nos viéramos. ¿Algún día lograría desenmascararlo?

27 de septiembre

Las cinco y cuarto de la mañana y aquí sigo despierta. Hace un par de horas que no paro de darle vueltas a todo lo acontecido y no me puedo dormir. Si supiera cómo hacer que las cosas funcionaran bien, cómo evitar el sufrimiento de la gente que tengo a mi alrededor, no dudaría ni un segundo en actuar de otra manera. Los problemas se amontonan en mi cabeza a estas horas de la madrugada, sintiéndome culpable, aunque sé que estoy más próxima a ser inocente. Me hacen daño las palabras simples, los gestos complejos y los pensamientos que se vuelven invisibles. Me enredo en las sábanas de mi cama, mirando al techo e intentando buscar una salida que me guíe a la respuesta adecuada. Quisiera contemplar el mundo desde muy arriba, donde nadie me pueda herir, ni hacerme daño. Sin embargo, continúo aquí. Pensativa, llorona, más sensible, perdiendo la confianza que últimamente había logrado reunir.

Cada día todo se complica más y mis problemas me atrapan en el tiempo, que se hace eterno. ¿Para qué queremos tanto tiempo si lo vivimos sin lucir una sonrisa? ¿Por qué no somos capaces de avanzar sin necesitar ser necesarios? ¿Desde cuándo somos tan débiles para dar por bueno que el rumbo elegido no es el que nosotros escogemos?

Son tantas preguntas las que le hago a mi pobre almohada que apenas noto la humedad de las lágrimas que se deslizan por mi cara de vez en cuando.

Llorar desahoga. Aunque llorar de frustración enferma los sentidos.

Hacer lo correcto no sólo depende de uno mismo y no siempre decir la verdad nos alivia. La verdad duele, la verdad se esconde, en ocasiones, en una maleza de palabras tan espesa que es imposible jalarla para sacarla. ¿Vale la pena decir siempre la verdad?

Sé que no soy perfecta; que estoy más cerca del error que del acierto de la naturaleza. No pretendo llevar siempre la razón, ni que las personas más cercanas a mí me digan que sí a todo. Pero trato de ser honesta. Lo que hago, lo hago de corazón, sin moverme entre las sombras. No manipulo, ni busco segundas intenciones. Si guardo un secreto, es porque tiene que ser guardado. Si confieso un pecado, es porque debe ser confesado. Sin evaluaciones extras, sin firmas desconocidas.

Necesito soluciones. Respuestas. Deshacer el rompecabezas y volverlo a hacer, colocando bien las piezas. Necesito una canción con estribillo alegre y una película que tenga un bonito final.

Necesito ser feliz de una vez por todas. Despertarme por las mañanas animosa y dormir por las noches sin desper-

tar. Soñar con imposibles cercanos y recrearme en sueños que me alejen de la realidad.

Es eso, felicidad. Lo que le falta a mi vida es felicidad. Y no llorar más de frustración, sino derramar lágrimas de alegría.

CAPÍTULO 19

Una de las cosas que había decidido durante las horas en las que no había podido dormir era hacer las paces con Bruno. Así que lo primero que hice en cuanto desayuné fue enviarle un WhatsApp: «Buenos días. No quiero que estemos mal. Lo de Paloma tenía que pasar antes o después. Te veo dentro de un rato en la escuela y lo hablamos».

No me respondió y tampoco esperaba que lo hiciera. Pero así, al menos, sabía que mi intención era arreglar lo que había pasado el día anterior. Que él defendiera a Paloma o creyera que yo debía seguir con ella no era motivo como para estar enfrentados.

Antes de salir para la escuela, mi hermana me llamó desde su habitación.

—¿Ya te vas? —me preguntó, todavía con la piyama puesta.

—Sí. Quiero llegar un poco antes. Tengo cosas que hacer.

—Muy bien, que pases un buen día.

—Gracias. Tú también.

Hizo una pausa y me miró con una sonrisa. Sabía que no era todo y que quería decirme algo más.

—Oye, Meri...

—¿Qué?

—Perdona por todo lo de ayer —comentó cabizbaja—. No debí echarte la culpa de nada y Paul no debió hacerte bromas sobre homosexuales a pesar de que no sabía nada de tu orientación sexual. Entiendo que te enfadaras.

No quería volver otra vez al tema de las supuestas bromas de su novio. Tenía claro lo que había escuchado. ¡Y no eran bromas! Discutir por lo mismo de nuevo era una tontería. Además, quería llegar pronto a la escuela para hablar con Bruno antes de que empezaran las clases.

—Está olvidado. Perdóname tú también si hice o dije algo malo.

—No te preocupes. Todo olvidado —señaló Gadea más tranquila—. Ahora hablaré con mamá para disculparme con ella también.

—Y no te olvides de papá.

—Le enviaré un WhatsApp para ver si sigue en pie lo de nuestro desayuno.

La noche parecía que había calmado bastante a mi hermana. Me alegraba de ello. Pero no podía dejar de pensar que seguía saliendo con un cretino mentiroso. Un tipo que menospreciaba a personas por su condición sexual.

—Me tengo que ir. Luego hablamos.

Asintió con la cabeza y salí de su habitación. Me marché de casa con un sabor agridulce. No me agradaba que nos enfadáramos y, pese al diálogo que habíamos mantenido de madrugada, seguía existiendo cierta tensión entre nosotras. En cambio, aquella breve charla había mejorado las cosas. Gadea es una chica muy inteligente. Una persona a la que siempre admiré. Por eso, que no viera lo que estaba pasando en realidad me resultaba extraño y a la vez incomprensible. El amor termina por ponerte una venda en los ojos.

Pero debía desconectarme de aquel asunto. En la escuela me esperaban varias historias que resolver. La primera: hablar con Bruno.

Tuve suerte y me lo encontré en el camino, unos metros delante de mí antes de llegar al colegio. Aceleré para llegar hasta él y lo detuve. No pareció sorprenderse al verme.

—Hola —dije jadeando, tratando de recuperar el aliento, después de la carrera.

—¿Qué quieres? —preguntó con acritud.

—Hablar contigo. ¿Has recibido mi mensaje?

No contestó inmediatamente. Me esquivó y continuó caminando hacia la escuela. Lo seguí, colocándome a su lado.

—Sí, lo he recibido —respondió con la misma sequedad de antes.

—¿Y qué piensas?

—Lo mismo que pensaba ayer.

—No puedo volver con ella. ¿No lo comprendes?

—No, no lo comprendo.

—Vamos, Bruno. No seas testarudo —dije tratando de hacerle entender que estaba en un error—. Aunque no lo comprendas. No tienes por qué elegir entre una u otra. Tú y yo somos amigos desde hace mucho tiempo. ¿Vamos a dejar de serlo por Paloma?

Aquello pareció hacerle reaccionar. Se detuvo antes de entrar en la escuela y por primera vez me miró en serio.

—Paloma necesita a alguien a su lado ahora.

—Me parece bien. Y que seas tú el que lo esté es lo mejor que le podría pasar.

—Ayer... estuve con ella —confesó en voz baja—. Fue por la tarde. Está muy mal anímicamente. Y eso le ha afectado también a su físico. Hoy no va a venir a clase.

—¿No?

—No.

Me explicó que la noche anterior, cuando se había ido de su casa, tenía fiebre y había vomitado varias veces. Sus padres imaginaban que sería un virus o algo que había comido en mal estado. Sin embargo, él creía que todo estaba relacionado con sus nervios y lo que estaba sucediendo conmigo.

—A lo mejor sus padres tienen razón y ha contraído un virus.

—No lo creo. Paloma no está enferma por ningún virus.

—¿No ha ido al médico?

—No quiere ver a ningún médico.

—Pero si está mal...

Bruno me observó entonces muy serio. Conocía bien esa mirada. La había visto muchas veces en nuestros años de amistad. Cuando se sentía mal, cuando algo le preocupaba mucho. Cuando alguien lo molestaba y sufría por culpa de lo que le hacían o decían otros.

—¿Recuerdas lo que me dijiste ayer? —me preguntó preocupado.

—¿Sobre qué?

—Sobre que creías que Paloma podía cometer una tontería y que necesitaba un médico.

—Sí. Lo sigo creyendo.

—Pues... yo también lo pienso después de hablar con ella. Aunque creo que ni un médico podrá ayudarla.

Aquellas palabras sonaron con enorme tristeza y resignación. Incluso los ojos se le pusieron vidriosos cuando habló. ¿Qué le dijo Paloma a Bruno para que pensara de esa forma y lo viera de esa manera?

La campana que anunciaba el comienzo de las clases sonó en ese momento y tuvimos que darnos mucha prisa para que no nos dejaran fuera. Llegamos a nuestra aula y nos dirigimos a la parte trasera. Allí ya estaban sentados Ester, Raúl y Valeria. Esta última me miró con rostro serio y me hizo un gesto que interpreté como que teníamos que hablar.

Era mi otra conversación pendiente de la mañana. Pero Bruno me había dejado realmente preocupada. Algo muy malo debía de estar pasando para que mi amigo hubiera cambiado de opinión y sintiera que ni siquiera un terapeuta pudiese ayudar a aquella chica de la que había estado enamorada.

Estaba tan ensimismada que ni me había fijado en que en la parte delantera de la clase Laura me observaba y esperaba ansiosa a que yo la mirara a ella. Cuando lo hice, no logré leer sus labios, que trataban de decirme algo. Me encogí de hombros para indicarle que no comprendía lo que deseaba indicarme. Así que agarró el celular y me envió un mensaje.

«Ojos bonitos, me debes una. ¿Has pensado en algo?»

Leí el WhatsApp y negué con la cabeza. No me había concentrado en eso en toda la madrugada. Tenía demasiadas cosas en mente. Iba a responderle, pero entró el profesor de Matemáticas en el salón.

—¿Se dan cuenta? —comenzó a decir, dejando libros y apuntes sobre la mesa—. Dentro de unos meses, ustedes desaparecerán de mi vida, la mayoría para siempre. Cambiarán de colegio. Cambiarán de profesores. Tendrán otras personas que les hablen de lo importantes y maravillosas que son las derivadas o se desharán de ellas de una vez por todas. No tendrán que aguantar más mis monólogos incentivadores, ni a mí. ¿Y estamos apenados por ello? Sinceramente, no. Ni ustedes ni yo.

Algunos rieron ante la gracia de aquel maestro tan particular que nos había acompañado en buena parte de nuestra vida. Sin embargo, a mí me hizo pensar en lo rápido que transcurre el tiempo y en lo que cambia todo continuamente. No sólo por lo que nos estaba explicando nuestro querido y admirado profesor de Matemáticas. Los amigos que tenía al lado no eran los mismos de hace unos años. Ni siquiera estaban todos aquellos con los que crecí. El grupo, mis Incomprendidos, ya no eran los niños con los que empezó aquella aventura. Todos éramos diferentes. Y eso me daba tristeza. Nunca volvería a ser como antes. Jamás. Posiblemente, aquéllos estaban siendo los últimos coletazos de lo que quedaba del club de los Incomprendidos.

El final de una etapa crucial en la historia de mi vida.

CAPÍTULO 20

En el primer cambio de clase quería volver a hablar con Bruno para preguntarle por sus impresiones acerca de Paloma y por qué me había dicho que ni un médico podría ayudarla. Pero fue Valeria la que me sacó de salón para que la acompañara al baño. Tuve que aceptar.

—¿Qué hago? —me preguntó muy nerviosa mientras caminábamos por el pasillo—. No puedo más con esto. Hasta Raúl se ha dado cuenta de que me pasa algo.

—Habla con él.

—¡No! No puedo decirle nada todavía.

—Es tu novio y un buen chico, te ayudará.

—Prefiero no contarle nada, Meri —insistió—. Está empezando a escribir un corto ahora y si le digo algo lo distraería.

—Si estás embarazada, le distraerá de todas formas. Además, no es incompatible que escriba con que esté al lado de su chica en un momento como éste.

—Bastante tiene ya con todo lo suyo como para que le salga yo con esto.

—Es tu novio. Que yo sepa, tiene el cincuenta por ciento de la responsabilidad de lo que ha sucedido.

—No le diré nada hasta que se confirme. Es lo único que tengo claro ahora de este lío en el que me he metido.

Por más que le insistí, Valeria no contemplaba hablar con Raúl entre sus opciones inmediatas. No quería preocuparlo sin un motivo definitivo.

Entramos en el baño las dos juntas y nos quedamos frente a los espejos.

—Bueno, entonces, ¿vas a ir a la farmacia por otro test de embarazo esta tarde?

—No tengo dinero. Tendría que pedírselo a mi madre.

—Yo te prestaría, pero estoy como tú. No tengo ni un euro.

—Esto es una pesadilla —comentó echándose agua en la cara.

Vi su rostro en el espejo y me di cuenta de que aquélla ya no era la misma niña tímida y vergonzosa que conocí. Lo que le sucedió con Elísabet la hizo madurar de golpe. Se había convertido en otra chica totalmente diferente que, de nuevo, tenía una dura prueba que superar.

—Tranquila, que todo va a ir bien —le dije acercándome a ella.

—Me pregunto si llegará un momento en el que no tenga que preocuparme por otra cosa que por ser feliz.

Eso mismo me había preguntado yo durante la madrugada. La comprendía. Entendía que, por más que quisiera, siempre aparecía algo importante que no la dejaba ser feliz de verdad. Valeria también la había pasado mal por la separación de sus padres, batallaba con sus complejos y había sufrido en silencio por amor. Un día me contó a solas que había querido a Raúl desde mucho antes de empezar a salir con él y que todos sus líos con otras chicas le fastidiaban. Veía a aquel chico inalcanzable. Algo parecido a lo que me pasó a mí con Ester, aunque su historia terminó mejor que la mía.

—Parece que ser feliz es lo más difícil del mundo.

—Qué te voy a contar a ti, ¿verdad? —me comentó mirándome con complicidad—. ¿Has hablado con Paloma? ¿Cómo están las cosas con ella?

—Hoy no ha venido a la escuela. Bruno me ha dicho que no se encontraba muy bien.

—Esos dos se han hecho muy amigos.

—Sí...

—Es bueno que tenga alguien con quien hablar después de que haya cortado contigo.

—Imagino que sí, que es bueno para ella.

Dudé sobre explicarle que Bruno se había enfadado conmigo y que las cosas entre nosotros no estaban en el mejor momento. Pero preferí no revolver más el tema y lo dejé en paz. Aún tenía pendiente el final de mi conversación con él. Deseaba recuperar su confianza como fuese.

—¿Y con Laura?

—Con Laura, ¿qué?

—¿Ha habido más acercamiento?

—No la he visto en todo el fin de semana.

—Ayer te llamó cuando estábamos en la farmacia, ¿no?

—Sí. Pero no le dije que estaba contigo, tranquila —le indiqué, por si no lo tenía muy claro. Lo del supuesto embarazo seguía siendo un secreto entre las dos.

Salimos del cuarto de baño y caminamos juntas de regreso a clase.

—He visto que no para de mirarte —siguió comentando Valeria.

—Eso es porque se aburre.

—Eso es porque le gustas mucho. ¿No le vas a dar una oportunidad?

—No puedo, Val. Acabo de romper con Paloma.

—Pues por eso mismo puedes. Estás libre.

No quería hablar de ese tema otra vez. Gadea ya me había dicho que no pasaba nada si salía con Laura. Pero yo no me sentía preparada para iniciar una relación con otra persona. Aunque esa persona estuviese llena de virtudes y me garantizara que le atraía.

Ni siquiera le respondí. Las dos llegamos a clase

de nuevo y nos sentamos en nuestros respectivos asientos. Bruno me observó en silencio, pero se quedó inmóvil en su sitio. La que sí se acercó a nosotras fue Ester, que se dio cuenta de que algo estaba sucediendo en cuanto nos vio.

—Chicas, ¿qué se traen? —nos preguntó en voz baja—. Se nota muchísimo que traman algo.

Valeria y yo nos miramos. Ella nos conocía perfectamente a las dos y no iba a ser sencillo mantenerla al margen. Pero no podíamos contarle nada, ya que Raúl estaba muy cerca.

—No pasa nada, Ester. Luego hablamos —señaló Val sonriendo.

Dio la impresión de que el secreto de su posible embarazo iba a ser cosa de tres. Y así fue. Cuando llegó el recreo, le pedimos que nos acompañara a la cafetería y allí se lo confesó.

—¿Que estás embarazada? —le preguntó susurrando, tapándose luego la boca con las manos.

—No lo sé todavía. No me he hecho la prueba.

Entre Valeria y yo le contamos rápidamente lo que había sucedido con el Predictor. Ella nos contemplaba asombrada, sin perderse ni un detalle. Le explicamos también que Raúl y Bruno no sabían nada. Y que, por supuesto, ni su madre ni mi padre tampoco.

—¿Van a ir esta tarde a la farmacia otra vez? —preguntó, una vez que finalizamos la historia.

—Si consigo que mi madre me dé dinero...

—Yo te lo puedo prestar. ¿Cuánto es?

—No hace falta, Ester. Se lo pido a mi madre.

—Somos amigas, ¿no? Pues déjame ayudarte —insistió con una gran sonrisa—. Tengo veinticinco euros ahorrados. ¿Cuánto cuestan estas cosas?

Val le hizo un breve resumen de los precios tal y como nos lo contó la farmacéutica.

—Ayer, compramos el de dieciséis euros, que garantiza un noventa y nueve por ciento de acierto.

—Pues ése. ¿De acuerdo?

—Muchas gracias, de verdad.

Nuestra amiga sacó veinte euros de la bolsita que llevaba y se los entregó a Valeria. Ésta no los tomó en un principio, pero Ester se los metió en el bolsillo del pantalón y le prohibió que se los devolviera.

—¿A qué hora nos vemos para ir a la farmacia?

—¿Vienes con nosotras?

—Claro. Voy a estar contigo en todo momento —indicó Ester—. ¡Lo que me molesta es que no me lo hayas dicho antes!

—No es un tema fácil de contar.

—No te preocupes —la tranquilizó arrugando la nariz al sonreír—. ¿En qué calle está esa farmacia?

—En Goya.

—No. A Goya otra vez no vamos —protesté—. Está muy lejos.

—Y nos reconocerían. Qué vergüenza. Tienes razón, mejor ir a otra.

Buscamos en el *smartphone* la farmacia que más

nos convenía. Que no estuviera muy lejos, pero tampoco demasiado cerca para que nadie pudiera reconocernos. Finalmente nos decidimos por una farmacia pequeñita en la calle Alcalá.

—¡Ey, chicas! ¿Qué hacen aquí? —la voz era de Raúl, al que acompañaba Bruno—. No nos dijeron que venían a la cafetería después de ir al baño. Las estábamos esperando en clase.

—¿No? Pensé que sí —respondió Valeria, saliendo rápidamente de la página y apoyándose sobre las puntas de sus zapatos para darle un beso.

—¿De qué hablan?

—De... lo difícil que será el año.

La mentira improvisada de Ester funcionó. Al menos, Raúl no puso peros. En cambio, Bruno, sin decir nada, nos examinó a las tres algo dubitativo. Se había vuelto muy desconfiado.

—Vamos, olvídense un poco de eso. Ya hemos hablado demasiado de lo complicado que será este curso. ¡Si conseguimos superar todo lo del año pasado, lo lograremos también en éste!

—Tienes razón, cariño. ¡Háblales de tu nuevo corto! —exclamó Val abrazándolo. Me sorprendió lo bien que consiguió disimular su preocupación.

—No. Ya te he dicho que es un secreto.

«¡Más secretos no!», pensé. Pero aquél era un secreto distinto, agradable. Seguro que Raúl nos sorprendía con un corto lleno de emociones y talento.

—No me lo ha contado ni a mí.

—¿De verdad que no nos vas a decir nada? —le pregunté intrigada.

—No. Nada de nada.

—¿Ni una pista?

—Lo estoy escribiendo ahora. Cuando lo tenga terminado les contaré de qué trata.

—¡Cuánto misterio! —gritó Val agarrada a su brazo.

—Sólo les puedo decir que he conseguido que actúe una actriz profesional y que los emocionará a todos en lo más profundo de su corazoncito.

CAPÍTULO 21

La mañana avanzaba monótona, tranquila. Quería hablar con Bruno sobre Paloma, pero, entre clase y clase, se levantaba y se marchaba del salón un par de minutos hasta el comienzo de la siguiente. Así que no pude hacerlo. Me empezaba a preocupar de verdad mi exnovia. No había recibido ni un solo mensaje de ella en dos días y tenía un mal presentimiento. Lo que mi amigo me había dicho antes de entrar en la escuela me estaba carcomiendo por dentro. ¿Estaría bien?

Lo único que me alejaba de aquellos pensamientos era Laura. En diferentes ocasiones, intercambié miradas con ella que me provocaban cosquilleos en el estómago. Me envió varios WhatsApp para preguntarme si se me había ocurrido algo con lo que compensarla por no llamarla cuando dije que lo haría. Aquella chica era igual de guapa que de insistente. Aunque era capaz de sacarme una sonrisa con sus locas ocurrencias.

«Me encanta que me llames insistente y no me digas directamente que soy una latosa.»

Ése fue su último mensaje, con el que se ganó mi última sonrisa. Fue en plena clase de Filosofía, la asignatura a la que tanto odio le teníamos las dos. Escuchando al profesor nombrar a los presocráticos, recordé el momento en aquel tren desde Barcelona en el que la vi por primera vez. Jamás imaginé que una chica como aquélla pudiera fijarse en alguien como yo. Físicamente, era perfecta. Y sí, estaba muy loca. Tanto que, a veces, no lograba comprenderla y me ponía muy nerviosa. Pero me había ido ganando con sus excentricidades. Sin embargo, una parte de la historia todavía no tenía respuesta: ¿cómo había terminado Laura en la misma escuela que yo? Nunca se lo había preguntado en serio. ¿Todo era una casualidad?

—Meri, ¿tienes una hoja? —me preguntó Ester en voz baja—. Se me han acabado.

—Claro. Espera.

Agarré la carpeta que tenía debajo de la mesa para darle una hoja y la abrí. Mi sorpresa fue enorme cuando me encontré, encima de todos los que estaban en blanco, un folio escrito con una letra que no era la mía. Se trataba de una lista de diez líneas numeradas del uno al diez, titulada «Así me gustaría que me compensaras»:

1. *Dándome el mejor beso que hayas dado en tu vida.*

2. *Invitándome una malteada gigante de chocolate.*

3. *Regalándome unos aretes de aro. ¡Me encantan los aros!*

4. *Llevándome a dar un paseo bajo la luz de la luna.*

5. *Yendo conmigo a un conciertazo y volvernos locas cantando.*

6. *Prometiéndome que tarde o temprano (más bien temprano) tendré mi oportunidad.*

7. *Duchándote conmigo en tu casa o en la mía (con ropa, claro, de momento).*

8. *Con media hora de masaje en la espalda.*

9. *Compartiendo una bolsa enorme de chucherías, sentadas en el Retiro.*

10. *La mejor manera de compensarme sería teniendo una cita conmigo o cientos y hacer los nueve puntos anteriores y muchísimos más.*

Me sonrojé y sonreí de oreja a oreja. Se debió de notar mucho mi alegría repentina porque Ester se me quedó mirando con extrañeza.

—¿Te pasa algo?

—No. Nada, nada —respondí guardando la lista dentro de la carpeta.

—¿Y mi hoja?

Me di una palmada en la frente, volví a abrir la carpeta y le di una hoja en blanco a mi amiga, que seguía contemplándome como si tuviera tres cabezas.

El profesor de Filosofía continuaba hablando de cosas que no entendía. Teorías inexplicables, que nunca llegaría a comprender. Pero yo ya sólo pensaba en esa lista.

Todo lo que había escrito, cada una de las proposiciones para compensarla, eran muy apetecibles con ella.

Aunque el celular estaba prohibido dentro de clase, comencé a escribirle otro mensaje de WhatsApp para informarle de que ya había visto aquella lista de tentaciones. Pero en ese instante, de repente, la puerta del aula se abrió. El que entró era el director de la escuela. Conversó brevemente con el profesor de Filosofía y después caminó hasta la zona en la que nos sentábamos los Incomprendidos. Aquella situación me recordó a la vivida hacía unos meses cuando nos llamó a su despacho a los cinco por el regreso de Elísabet. Pero ahora eso... ¡Era imposible!

—Corradini..., María. Vengan conmigo, por favor.

Bruno y yo nos miramos y nos levantamos en seguida. Todos nuestros compañeros nos observaban. También Ester, Valeria y Raúl. Ninguno sabía qué sucedía. Acompañamos al director hasta la puerta y los tres salimos de clase.

—Ustedes tienen un imán para hacer amigos problemáticos —nos dijo con voz grave, ya en el pasillo.

No entendía a lo que se refería. Y por la cara de Bruno, él también estaba bastante perdido. ¿Estaba haciendo alusiones a Elísabet?

—¿Qué quiere decir con eso, señor? —pregunté desorientada.

—Conocen a Paloma, la chica nueva, de primero de bachillerato, ¿verdad?

Cuando la nombró, inmediatamente, me temí lo peor. Me empezaron a temblar las piernas y no estaba segura de si quería saber qué había pasado con ella. Me aterraba lo que le hubiera podido ocurrir. Pero Bruno sí que necesitaba saber lo que le había pasado a Paloma.

—Sí, la conocemos. ¿Por qué?

—Porque quiere verlos a los dos ahora —respondió el hombre.

—¿Ahora?

—Sí, Corradini, ahora mismo —insistió malhumorado—. Parece que con las únicas personas que está dispuesta a ceder es con ustedes dos. Sus padres me han pedido por favor que los llamase.

—¿Qué es lo que sucede? ¿En qué no quiere ceder? ¿Nos puede explicar que está pasando, señor?

El director resopló y se pasó la mano por la cabeza. Parecía algo muy serio. Aunque me quedé más tranquila al saber que ella misma era la que había pedido que nos llamaran. Pero ¿por qué no lo había hecho ella misma?

—Por lo visto, sus padres quieren llevarla al hospital. Esta mañana se ha hecho cortes en los brazos.

—¡Mierda! Por eso no me contestaba el teléfono —se lamentó mi amigo.

En ese instante comprendí que cada vez que Bruno salía al pasillo entre clase y clase era para llamarla. Y, por lo visto, Paloma no había respondido a sus llamadas.

—Ella no quiere ir. Hasta se ha encadenado de alguna forma a su cama.

—Madre mía —susurré.

—Sólo accedería a ir al hospital si habla con ustedes. Sus padres han insistido en que los saque de clase para que vayan a su casa con él.

Salimos del edificio y en la puerta nos esperaba el padre de Paloma. Estaba muy nervioso y andaba de un lado a otro sin control, como una fiera enjaulada. Cuando nos vio se apresuró a saludarnos.

—Gracias a Dios. Tenemos que darnos prisa.

—¿Qué ha pasado?

—No hay tiempo que perder. Vamos al coche, allí se los explicaré todo.

Le dijimos adiós al director, que movía la cabeza negativamente, desesperado, y entramos en el coche del padre de Paloma. Bruno delante y yo detrás.

—Por favor, cuéntenos qué ha sucedido —le pedí muy nerviosa.

—Se ha vuelto completamente loca.

Aquel hombre retenía las lágrimas al hablar. Sólo guardaba la compostura porque estábamos delante nosotros. Se le notaba una gran angustia y miedo. Y tenía razones para ello.

Nos explicó que Paloma no había ido esa mañana a clase porque se sentía mal. Le dolía el estómago y la noche anterior había vomitado. Lo achacaron a un virus. Sin embargo, sucedió algo más grave. Alrededor de las once, su madre entró en su habitación para ver cómo se encontraba. Casi se desmaya cuando vio a la chica con unas tijeras en la mano. Se había cortado el pelo de manera desigual y por sus brazos circulaban numerosos regueros de sangre. Tras el shock inicial la mujer le curó las heridas, que, afortunadamente, no eran muy profundas y llamó a su marido, que estaba trabajando. Cuando éste llegó a casa decidieron llevarla al hospital. Sin embargo, la chica se negó rotundamente. ¡No quería volver al hospital de ninguna forma! Amenazó con quitarse la vida con las tijeras que había logrado recuperar y consiguió con una sábana atarse las piernas a la pata de su cama. Sus padres no podían controlarla y hasta estuvieron a punto de llamar a una ambulancia. Después de hablar durante más de una hora con ella e intentar convencerla para que no cometiera una locura y aceptara ir al médico, entre lágrimas, cedió, pero puso como única condición que fueran a verla primero Meri y Bruno antes de regresar a aquel lugar que tan poco le gustaba.

Es imposible describir con palabras lo que sentí dentro de mí tras escuchar hablar a aquel hombre. Y mucho más difícil aún contar, sin sobrecogerme, ni sentir escalofríos, lo que nos encontramos después en su casa.

Cuando su madre nos abrió fuimos directamente a su habitación. La preciosa Paloma, la chica que me había enamorado con su alegría y vivacidad, estaba tirada en el suelo con una piyama blanca manchada de sangre. Se había transformado en alguien que no parecía ella. Su bonita melena había desaparecido y había sido sustituida por matas de pelo recortadas aleatoriamente. Sus piernas se hallaban atadas a una de las patas de la cama y el contorno de sus ojos era de un impactante color morado oscuro. Sonrió débilmente cuando nos vio.

—Pelirrojita —susurró cariñosamente—. Te he extrañado. Ven.

Miré a su madre pidiendo permiso y ésta accedió con la cabeza. Agarré la mano de Bruno y lo invité con un gesto a que me acompañara junto a ella. Éste me siguió y los dos nos acercamos.

—¿Qué has hecho, Paloma? —le pregunté conmovida—. ¿Por qué?

—No quiero vivir sin ti. No puedo.

—Claro que puedes.

—Estoy muy triste.

—Te entiendo. Pero...

—Nunca voy a querer a nadie más. Ni nadie me va a querer a mí. Tú y yo hemos nacido para vivir y morir juntas.

Aquello me dejó sin palabras, pero no sin lágrimas, porque comencé a llorar y a sentirme responsable de lo que había pasado. Bruno se dio cuenta de que no era capaz de articular ni una palabra más. Me apartó a un lado y se puso de rodillas delante de ella.

—Hemos hablado de eso, Paloma —murmuró con dulzura.

—Lo sé, Corradini.

—¿Y en qué habíamos quedado?

—En que pasaría la página y buscaría a otra chica que me hiciera feliz.

—¿Y por qué has hecho todo esto?

—Porque soy tonta.

—Por supuesto que no eres tonta. Me deberías haber hecho caso —continuó regañándola Bruno con dulzura. Como si dialogara con una niña de tres años.

Los dos parecían entenderse. Hablaron un buen rato sobre ella, sobre mí... y yo los observaba sin saber qué hacer. Bruno la trataba con cariño y respeto. La comprendía, tal y como Paloma me había comentado tantas veces cuando estábamos todavía juntas. Mi amigo le transmitía confianza, aunque ni él había sido capaz de frenar aquello. Por eso esa mañana me dijo que ni los médicos podrían ayudarla. Vio venir lo que después sucedió, a pesar de que trató de convencerla por todos los medios de que nuestra historia se había terminado. Que esas cosas pasan y que ya llegaría otra que ocuparía mi lugar.

—Lo siento. Esta mañana... no tenía fuerzas. No... quiero volver a ese sitio.

—Lo necesitas, Paloma. Necesitas curarte de verdad.

—Es muy frío. Y allí me siento... sola.

—No vas a estar sola.

—Sí lo estaré. Aquel lugar es... un infierno para mí.

Entonces me acerqué más a ella. Veía las tijeras en sus manos y me daba mucho miedo que pudiera usarlas. Sin embargo, tenía que actuar.

—Te prometo, cariño, que no vas a estar sola. Nosotros vamos a cuidar de ti —señalé con toda la calma que pude—. Debes entender que lo nuestro se terminó, pero, si tú quieres, siempre me vas a tener a tu lado.

—Yo te quiero, pelirrojita.

—Y yo. Yo también te quiero, pequeña. Sé que te quiero muchísimo, pero he comprendido que te quiero más como una amiga que como una pareja. Eres una persona muy importante para mí. Por eso, no pienso permitir que te vuelvas a hacer daño. ¿Lo entiendes? Bruno y yo vamos a estar a tu lado. Te lo prometo.

Decir aquellas palabras no fue fácil para mí. No estaba segura de si lo que le estaba prometiendo luego sería capaz de cumplirlo. Pero todo lo que le aseguré fue desde la verdad y desde el corazón. Quería estar a su lado, verla recuperarse de nuevo, aunque no estaba segura de si podría hacerlo. De si una u otra soportaríamos vernos a menudo sin amor de por medio.

De cualquier forma, mis palabras sirvieron en aquel momento para que Paloma soltara las tijeras y se desatara de la pata de la cama. Temblaba nerviosa.

—¿Vendrás a verme al hospital? —me preguntó sollozando.

—Todos los días. Y me llevaré a Ester también para que nos haga compañía.

—Bruno y Ester deben estar juntos —soltó mirando a nuestro amigo—. ¿Verdad?

—Por supuesto.

—¡Eh! ¡Ese tema no es el que estamos tratando!

Las quejas de Bruno la hicieron reír por primera vez. Era una risa diferente a todas las que yo le había visto en los últimos meses, pero era una risa para la esperanza.

También fue un abrazo distinto. El primero de los abrazos distintos que Paloma y yo nos daríamos a partir de ese instante.

CAPÍTULO 22

El padre de Paloma se ofreció a llevarnos en coche a los dos a casa, pero Bruno y yo decidimos regresar por nuestra cuenta. Los habíamos acompañado al hospital para que se sintiera más segura y supiera que íbamos a estar a su lado. Al marcharnos, le prometimos que nos veríamos muy pronto y ella que sería fuerte y haría caso a los médicos. Era muy triste verla así de nuevo, pero todos albergábamos la esperanza de que sería la última vez.

No hablamos mucho en el camino de regreso. Ninguno de los dos tenía ganas. Bruno estaba cabizbajo, aunque su actitud hacia mí había cambiado por completo. Dentro del metro, sentados en un banco, esperando a que llegara nuestro tren, se sinceró conmigo.

—No he sido justo contigo, Meri. No merecías que te tratara así.

—Da igual. Es algo pasado.

—No te debí pedir que volvieras con ella y mucho menos enfadarme porque no aceptaras.

—Ya está, Bruno. Olvídalo. Lo importante ahora es que Paloma se recupere y que pronto pueda hacer una vida normal.

El tren llegó y subimos a él. Nos acomodamos en dos asientos y nos quedamos de nuevo callados.

—Tú no tienes la culpa de lo que ha pasado —me dijo muy serio, unos minutos más tarde—. Si no hubiera sido con esto, habría sido con otra cosa. Tú sólo le has aportado cosas buenas desde que se conocieron. Por eso te quería tanto.

—Gracias.

En el fondo, me sentía culpable de que Paloma recayera en sus problemas y las palabras de mi amigo exculpándome me ayudaron a sentirme un poco mejor. Aunque lo único que me importaba era que ella se pusiera bien.

—Nos equivocamos al pensar que se había repuesto del todo. Sobre todo yo. Me siento en parte responsable de no haber actuado de otra manera.

—Tú tampoco tienes la culpa de lo que ha pasado. Preocupémonos ahora de intentar aportar lo mejor de nosotros para que recupere su alegría habitual y sea una chica feliz.

—Sí. Haré lo posible para que eso sea así.

—Yo también.

Cuando nos despedimos, estábamos de acuerdo en que debíamos estar unidos para superar aquel nuevo obstáculo. Hablaríamos con los demás e informaríamos a nuestras familias de lo sucedido. Yo se lo diría a Valeria y a Ester y él a Alba y a Raúl. Consideramos que era mejor hablar con ellos tranquilamente, uno por uno, que contarlo en el grupo de WhatsApp. También tenía que decírselo a Laura, que me había llamado un par de veces por teléfono y no se lo había contestado.

Ya en casa, apenas llegué, le expliqué todo a mi madre, que me consoló lo que pudo. En realidad, no había consuelo para aquello. Prácticamente no probé la comida, no me entraba nada. El estómago se me había cerrado. Así que me fui a mi habitación, bajé la persiana y me tumbé en la cama. Llamé a Laura y le conté por encima, sin muchos detalles, lo sucedido. No tenía ganas de hablar demasiado, por lo que fui breve. Ni siquiera mencionamos la lista que encontré en mi carpeta. Aquella lista de tentaciones de la que alguna vez deberíamos debatir con calma. Pero no era ése el momento. Ella me comprendió y me dijo que descansara. Me llamaría de nuevo por la noche. Fue atenta, tolerante y muy dulce conmigo. Me despedí de Laura con una sonrisa en la boca.

En la oscuridad de mi cuarto, pensaba en la pobre Paloma. La imagen que nos encontramos cuando llegamos a su casa se me había quedado grabada en la mente. Esa chica no era ella. ¿Habría podido hacer algo más para evitar todo aquello? Nunca lo sabría. Y no debía darle muchas más vueltas al tema o me volvería loca.

Cerré los ojos e intenté dormir. Fue imposible porque en el WhatsApp del grupo de los Incomprendidos, los chicos no cesaban de enviarnos mensajes a Bruno y a mí para preguntarnos qué había pasado. Él sólo respondió que ya lo hablaríamos más tarde, que estaba muy cansado ahora, pero que no se preocuparan. Yo no dije ni eso. Quité el sonido para las notificaciones del grupo y traté de conciliar el sueño.

Lo logré varios minutos más tarde, hasta que otra vez el ruido del celular me despertó. Alcancé el teléfono y vi que me habían incluido en un grupo nuevo de WhatsApp llamado «Operación Predictor». Las componentes: Valeria, Ester y yo.

Leí los mensajes que las dos iban poniendo: «Hola, chicas, he creado este grupo para hablar con ustedes dos sobre mi presunto embarazo y el tema del Predictor».

¡No me acordaba! Había quedado con Ester y con Valeria para ir por la tarde a la farmacia a comprar la prueba de embarazo. Con lo de Paloma se me había olvidado por completo.

«Perfecto, Val. ¿A qué hora y dónde nos vemos?», preguntó Ester.

Esperaba que no fuera muy temprano. No tenía ganas de salir de casa. Aún no me encontraba muy bien después del episodio vivido por la mañana. Deseaba dormir un poco y desconectarme de todo. Sin embargo, Valeria tenía otra idea diferente a la mía.

«Cuanto antes, mejor. ¿No? ¿Qué les parece a las

cinco en Sol? Estoy muy nerviosa y quiero terminar con esto lo antes posible.»

Siguieron hablando unos minutos más a través del WhatsApp del nuevo grupo hasta que me decidí a intervenir. Estuve a punto de contestarle que yo no iba, que se fueran ellas dos solas, pero mi hermanastra contaba conmigo y no podía dejarla tirada. Aquel asunto también debía llegar a su final definitivamente, fuera el que fuera. Acepté acompañarlas, a pesar de que eran más de las cuatro y ya no podría descansar más.

«OK. A las cinco frente a la Mallorquina.»

«¡Ey! ¿Dónde te habías metido, pelirroja?», escribió Valeria, adornando la frase con varios emoticones con la boca abierta. «¡Cuéntanos por qué los han sacado de clase a Bruno y a ti!» Y más emoticones amarillos tras sus palabras.

Ester mandó un WhatsApp parecido. También ella quería saber dónde habíamos estado Bruno y yo. Tuve que responderles varias veces que luego se lo explicaría todo y que no se preocuparan.

«¿Pueden creer que me he pasado una hora y media mirando cosas sobre embarazos en Internet? Hay videos increíbles en YouTube.»

El grupo «Operación Predictor» se llenó de enlaces a páginas, comentarios y links de videos relacionados con embarazos. Sinceramente, no me interesaban nada. Lo único que quería era resolver si Valeria estaba o no estaba embarazada. Y para eso no faltaba mucho.

A las cinco y dos minutos estaba frente a la Mallorquina. No fui la primera. Ester ya se encontraba allí cuando llegué y Val apareció un minuto después. Tras los besos y abrazos respectivos y después de comprobar lo nerviosa que estaba Valeria, no tardaron en preguntarme por mi repentina salida de clase con Bruno, a petición del director de la escuela.

—Fue por Paloma. Esta mañana tuvo una gran crisis y se hizo cortes en los brazos con unas tijeras.

Les relaté los hechos tal y como sucedieron, recordando también el pasado más cercano en el que ella ya había vivido traumas parecidos a consecuencia del *bullying* en su anterior escuela y de la presión de sus padres cuando se enteraron de que era lesbiana.

—Pobrecita. Lo que debe de estar sintiendo para hacer algo así —dijo Ester muy afectada—. Cuando vayan a verla, avísenme para ir con ustedes, por favor.

—Te lo diremos. Ella quiere verte también.

—Alba puede ayudarle mucho. Pasó por una situación parecida y salió adelante —añadió Val.

Era algo que no se me había ocurrido, pero que podía ser de ayuda. Alba la pasó francamente mal, como Paloma, y la desesperación le hizo cometer locuras de ese tipo.

El resto del camino hasta la farmacia estuvimos

hablando del asunto. No era agradable, pero ellas dos también debían estar al tanto de todo. Eran amigas de Paloma, especialmente Ester. Y su colaboración sería muy importante en los meses siguientes.

—Ahí está —indicó Valeria señalando una pequeña farmacia en la calle Alcalá.

Tragó saliva y apretó los puños. Ella misma fue la que tomó la iniciativa y entró primero. Decidida, consciente de lo que podía pasar en poco tiempo. Ester y yo la seguimos. No tuvimos que hacer cola, ni nos andamos con rodeos. Fue Val la que habló con la farmacéutica. Ésta nos trató con normalidad y naturalidad y nos preguntó si sabíamos cómo se usaba. Le dijimos que sí, pagamos los dieciséis euros y nos marchamos lo antes que pudimos.

—Hecho.

—Sí. Ahora vamos a terminar con esto de una vez por todas —le dije rodeándola con el brazo—. Tranquila, ¿ok?

Asintió y las tres nos pusimos a caminar hacia la casa de Valeria. En los quince o veinte minutos que estuvimos andando no dejamos de animarla. Tanto Ester como yo intentamos transmitirle nuestro apoyo pasara lo que pasara. Ella era un torrente de sensaciones contrapuestas. De pronto tenía ganas de llorar y se quedaba sin hablar, o empezaba a gritar desatada. Nos miraba con ojos vidriosos y creía que le iba a explotar el corazón de los latidos tan salvajes que notaba en el pecho.

Por fin, llegamos a su edificio. En su casa no había nadie, algo que ya estaba planeado. Mara estaba trabajando en Constanza y mi padre había ido a hacer unas compras a las afueras de Madrid.

—Bueno, vamos allá.

Val sacó la caja del Predictor de la bolsita de la farmacia. Le temblaban las manos. La abrió y se encontró con un envoltorio cerrado herméticamente. Lo rompió y de su interior extrajo con cuidado la prueba de embarazo.

—Ahora tienes que llenar un frasquito con orina y mojar el Predictor durante unos segundos —le aclaró Ester, que había estado leyendo las instrucciones de uso—. Debes quitar el capuchón de plástico y mojar la tira de absorción. ¿Lo entiendes?

—Creo que sí.

—Bien. Adelante.

—¡Ánimo! Estamos aquí para todo. Tranquila —traté de calmarla.

—Gracias. Voy. Puedo hacerlo. Uff.

Valeria entró en el cuarto de baño mientras nosotras la esperamos fuera, pegadas a la puerta. Las dos estábamos histéricas, aunque no más nerviosas que ella, que hasta tuvo problemas para llenar el frasquito.

—¡No me sale! ¡Carajo!

Ester y yo nos reímos y le gritamos que siguiera intentándolo. La situación no era cómica, pero la tensión era tan grande que no sabíamos ni lo que hacíamos. ¡Valeria podría ser mamá en unos meses! ¡Y en unos segundos lo sabríamos!

—¿Ya?

—¡No! ¡No me concentro con ustedes detrás de la puerta!

De nuevo, nos reímos. Aquello parecía que nunca iba a terminar.

—Está bien. ¡Nos vamos!

Le mentimos. No nos fuimos. Simplemente, dimos unos pasitos atrás y esperamos a que saliera. Nunca había estado tan nerviosa como en aquel instante. Ni siquiera en los exámenes o cuando besé a Ester. Entonces pensé en qué parentesco me uniría al hijo o hija de Valeria. ¿Tía? ¿Tía postiza? ¿Tiastra?

Por fin, un par de minutos más tarde, la puerta se abrió. Valeria salió del baño con el Predictor en la mano.

—¡Maldita sea! ¡No puedo! —exclamó, y entró en la cocina.

Al poco tiempo, regresó con una lata de cerveza sin alcohol que tenía reservada su madre para mi padre en el refrigerador para la cena. La abrió y se la bebió entera, casi de golpe.

—¿Tú crees que eso sirve de algo? —le pregunté asombrada de verla beberse una lata de treinta y tres centilitros a esa velocidad.

—¿No les ha pasado nunca que, cuando se toman una cerveza por ahí, les han entrado inmediatamente muchas ganas de ir al baño?

—No bebo cerveza.

—Ni yo.

—Pues les aseguro que es lo mejor para... —y dejó de hablar de pronto—. ¿Ven? ¡Ya tengo ganas! ¡Voy rápido!

Y salió corriendo para encerrarse otra vez en el cuarto de baño.

—¡Pero si no le ha dado tiempo a que le haga efecto! —gritó Ester, riéndose a carcajadas a pesar de lo serio de la situación.

—Sugestión. Todo es producto de la sugestión.

Por causa de la sugestión o no, Valeria logró llenar el frasquito. Mojó el test de embarazo en él y salió del cuarto de baño.

—¿Qué dice? —gritamos Ester y yo al mismo tiempo, sin poder aguantar más.

—No me atrevo a mirarlo —comentó ella tapando la ventanita oval con un dedo.

—¡Vamos, Val!

—¡Sí! ¡Enseña ya de una vez qué es lo que ha salido! ¡Nos va a dar un infarto!

Valeria hizo caso a lo que le dijimos y apartó su dedo. Las tres observamos al mismo tiempo la ventana más grande del Predictor.

Fue mi hermanastra la primera que habló cuando comprobó el resultado.

—¿Esto significa lo que yo creo que significa?

CAPÍTULO 23

—¿Hola? ¿Puedes hablar?

—Sí. Acabo de terminar de cenar. Estoy ya en mi habitación.

—Me alegro. ¿Cómo te sientes?

Nunca me había parado a pensar hasta ese instante lo sexy que sonaba la voz de Laura a través del teléfono. Quizá porque ya tenía una imagen sexy de ella en persona. El caso es que también me gustaba escucharla al otro lado de la línea del celular.

—Ha sido un día duro —reconocí. Me quité los zapatos y me senté en la cama—. Estoy muy triste por ella, aunque tengo esperanza de que se ponga bien. Pero me afecta haberla visto así de nuevo.

—Era tu novia. Es normal que no estés bien del todo. Hace muy poco que terminaron y sigues queriéndola. Como amiga, claro.

—Claro, como amiga.

—Porque ahora amas a otra persona...

La escuché reír en voz baja. Seguía siendo una

descarada, que no se rajaba a la hora de decir ese tipo de cosas. Pero en esta ocasión no me iba a molestar con ella. No tenía ganas. No pasaba nada por seguirle un poco el juego.

—Estoy en un periodo de... dudas.

—Ah, ¿sí?

—Me parece que sí.

—¿No te habrán empezado a gustar los chicos?

—No, no me han empezado a gustar los chicos —contesté sonriendo.

Cada día que pasaba, era capaz de conseguir que sonriera más veces en menos tiempo. Era la persona con más habilidad para sacar sonrisas que había conocido.

Tras un lunes tan difícil como el que había pasado, no me venía nada mal desconectarme de todo y reírme un poco. Laura era la persona perfecta para compartir aquel instante de tranquilidad.

—Menos mal. Porque no ibas a encontrar a un chico que te hiciera una lista de compensaciones tentadoras mejor que la mía.

—De eso mejor hablamos otro día, ¿no?

—¿No te han gustado mis propuestas?

—No las recuerdo muy bien —mentí—. Tendré que leerlas otra vez.

—¿En serio?

—De verdad. Te lo juro.

—Vaya. No imaginaba que tuvieras tan mala memoria —comentó con voz cantarina—. Menos mal

que tengo la lista aquí delante de mí y puedo leérte-
la para que la recuerdes.

—No hace falta...

—Así me gustaría que me compensaras —empezó a leer—. Uno, dándome el mejor beso que hayas
dado en tu vida. Es decir, que debes superar el beso
número uno y el beso número dos que ya nos hemos dado.

Se me escapó una pequeña carcajada cuando la
escuché. Era increíblemente ingeniosa, pero no per-
día nunca su descaro. Por eso, tal vez, me gustaba
tanto. ¿Desde cuándo me atraían las personas desca-
radas? Posiblemente, desde que conocí a Laura.

Estuvimos comentando punto por punto toda la
lista. Fue divertido y también excitante. Tonteamos
como niñitas y discutimos en broma sobre cada una
de las tentaciones. En la número seis nos detuvimos
un poco más.

—No puedo prometerte eso —le dije algo más
seria, mientras me acomodaba en la cama. Estiré las
piernas y coloqué la almohada debajo de mi cabeza.

—¿Por qué no puedes?

—Porque no puedo prometerte una oportunidad. Ni tarde ni temprano.

—Sigues en ésas.

—Me temo que sí.

—¿Por Paloma? ¿Por miedo? ¿Por qué no te gusto lo suficiente? ¿Por qué no estoy dentro de tu gru-
pito de amigos?

—Porque...

Porque me daba miedo enamorarme y desenamorarme otra vez. ¿Por eso? O, a lo mejor, porque tenía miedo de que fuera a ella a la que le sucediera eso. Hasta ese momento había puesto a Paloma como excusa. Pero todos aquellos con los que había hablado sobre el tema me habían dicho que no era nada malo que saliera con alguien. No me había hablado de matrimonio, ni quería un «para siempre». Simplemente, me estaba pidiendo la promesa de una oportunidad.

—No tienes respuesta a eso, ¿eh?

—Es que no es sencillo. Tú tienes una respuesta ingeniosa para todo. Yo no puedo ser como tú.

—Creo que te estás desviando del tema —indicó canturreando, sin ofenderse por lo que le había dicho—. Sincérate conmigo. Vamos. ¿Qué ocurre?

Por lo visto, también se le daba bien jalar el hilo para sacar a relucir los sentimientos de las personas.

—¿Y si te prometo una oportunidad y luego no cumplo esa promesa?

—Pues no prometas nada.

—Pero si me has dicho que...

—Te he dicho que no me lo prometas —me interrumpió—. Directamente, dame esa oportunidad. Vamos a hacer juntas las cosas de esa lista.

—Laura, yo...

Un suspiro se escuchó al otro lado de la línea.

Creo que empezaba a desesperarla con mis dudas. Sin embargo, salió por un camino que no esperaba.

—¿Puedes conectarte a Skype?

—¿Qué? ¿A Skype? ¿Para qué?

—¿Puedes o no puedes?

—Sí, sí, espera...

Puse el manos libres del teléfono y encendí la computadora. Mientras se iniciaba la sesión y la hacía esperar, oía como tarareaba *Un jardín con enanitos*, de Melendi. Desafinaba un poco, pero no lo hacía mal del todo.

—¡Eres muy lenta! —gritó al ver que tardaba en conectarme.

—¡No es culpa mía! Es que la computadora va como una tortuga.

—Si va lento es porque la tienes llena de porquerías. Y eso no es culpa suya, sino de su usuaria. Quién sabe en qué páginas te metes...

—Pero... ¿por quién me has tomado?

—Seguro que tienes un lado oculto que entra en páginas webs subiditas de tono.

—¡Para nada!

—Ajá.

Por fin, mi computadora aceleró su inicio y pude conectarme a Skype. Busqué a Laura entre los usuarios conectados e hice una videollamada. Ésta aceptó inmediatamente. Ya tenía su imagen en mi pantalla. Y me quedé hipnotizada al verla. Estaba tan impresionante como siempre. Además, sólo llevaba una playera blanca que se transparentaba, dejando a la vista un brasier negro, y un pequeño pantalón de piyama azul. Estaba sentada en la cama sobre sus piernas y lucía una sonrisa perfecta.

—Hola, ojos bonitos.

—Hola.

—¿Qué te pasa? Te has puesto muy seria.

—No me gusta la *cam*. Nunca me ha gustado. Me siento incómoda.

—¿Por qué? Estás guapísima.

¿Yo guapísima? ¿Entonces ella? Estaba claro que jugábamos en divisiones diferentes. Sin embargo, Laura me hacía sentir especial.

—Bueno. Deja de piropearme, que me lo voy a creer al final. ¿Para qué querías que me conectara a Skype?

—Para verte. Me gusta mucho mirarte.

—¿Sólo para eso?

—Más o menos —dijo guiñando un ojo—. ¿Estás sola en casa?

—No, está mi madre.

—¿Lejos?

—En la sala. Está viendo una película.

—Genial.

Entonces, hizo algo que me agarró completamente desprevenida. Se echó hacia delante y se sentó sobre el colchón. Colocó bien la cámara de forma que se viera la parte de atrás de su dormitorio y se levantó.

—¿Me ves bien?

—Sí —respondí intrigada. De hecho, no podía apartar un solo segundo la mirada de ella.

Laura sonrió como sólo ella sabe y comenzó a contonearse delante de la cámara, jugando con su camiseta. La subía y la bajaba, dejando al aire su vientre plano y volviéndolo a esconder. Aquel baile era de lo más sensual.

Sus ojos estaban clavados en la *cam*. No dejaba de sonreír, ahora de forma más seductora.

—No me digas que no ha sido buena idea conectarnos a Skype.

—Bueno...

No podía pensar. Y menos aún cuando se quitó la camiseta. Pude comprobar que lo que ocultaba bajo la ropa era tan sugerente como lo que se veía a simple vista.

Bailó para mí unos segundos más. Yo no dejaba de mirarla. Era imposible centrarse en otra cosa que no fuera su increíble cuerpo.

Pero no se detuvo ahí. Despacio, colocó las manos sobre el pantalón de la piyama y con delicadeza lo bajó hasta las rodillas. Su ropa interior era blanca con filitos negros. Dio una vuelta sobre sí misma y volvió a subirse el pantalón.

Mis mejillas ardían. Hacía mucho tiempo que no sentía tanto calor en mi cuerpo.

—¿Qué? ¿Te ha gustado? —me preguntó sentándose de nuevo en la cama y poniéndose la camiseta.

—Sabes que sí.

—Pero me gusta que me lo digas —susurró—. ¡Bien! ¡Te gusta mi personalidad y te gusta mi físico también! Y ahora, ¿me darás esa oportunidad? Tengo ganas de centrarme en el punto siete de la lista.

¿Qué decía el punto siete de la lista? Sonreí cuando lo recordé: ducharme con ella con ropa en su casa o en la mía.

Desde luego, y sin pecar de superficial, habría que ser muy tonta para no darle esa oportunidad.

28 de septiembre

¿Qué puede llevar a una persona a hacerse daño a sí misma?

¿Falta de personalidad, debilidad, cobardía, valentía, desesperación, inconsciencia, locura, querer llamar la atención, osadía, pedir auxilio...?

No lo sé.

Posiblemente, ninguna de esas cosas, todas a la vez o mil razones diferentes más que no consigo recordar o no me atrevo a señalar aquí.

La decisión de cortarse, autolesionarse o intentar asfixiarse o ahogarse no debe de ser nada fácil. Y conocer a personas que han pasado por eso tampoco.

Es muy duro para todos. Pero sobre todo es duro para quien lo sufre y sigue viviendo inmerso en su tortura. No me imagino cómo debe de ser el momento en el que la decisión es definitiva. Ese instante en el que eliges el método, el minuto y la manera. ¿Subirá la adrenalina o te morirás de miedo? ¿Temblarás?

Cuando das ese paso adelante, estás dando varios hacia atrás. Ya nada en tu vida será lo mismo, y las personas que se enteren de lo sucedido nunca más te mirarán de la misma forma. Te conviertes en una especie de cristal de Bohemia. Te vuelves muy frágil. Te rompes con más facilidad y todos tienen más cuidado para no ser los causantes de esa rotura.

Por desgracia, vivimos en un mundo en el que nos equivocamos y perdemos el rumbo más veces de las que deberíamos. Y una historia calca otra historia. Y un impulso sirve para crear otros impulsos. Demasiado iguales, demasiado comunes. Copiamos más lo negativo que lo positivo.

Me gustaría hablar con todas esas personas para decirles que existen otras soluciones. Otra manera de encarar la vida, aunque nada logre hacerte feliz. Aunque te veas perdido en un lugar que ni siquiera es el tuyo. Aunque el poco aliento que te queda no te sirva ni para respirar adecuadamente.

Si he aprendido algo en los pocos años que tengo es que me quedan muchos años por vivir. Aunque suene redundante. La vida es una cuestión de rachas. De rachas de todo tipo. Y si eliges el camino malo, siempre habrá tiempo de volver al bueno o de seleccionar otro camino más adelante. Puede que, esa vez, el camino sea mejor.

A esas personas, si pudiera hablar con ellas, les pediría que no se rindan nunca. Que piensen en ellas, que piensen en los demás. En todos esos que las quieren. Que se atrevan a pensar. Que se atrevan a desafiar a la vida. Que se atrevan a no tener miedo. Ganarás, perderás..., pero no arrojarás todo por la borda.

Respeto mucho a las personas. Respeto lo que deciden.

Respeto lo que hacen. Siempre lo haré. Porque sé que vivir es difícil y porque sé que en ocasiones lo único que te sale de dentro es tirar la toalla.

Pero hay que luchar. Hay que hacer frente a los problemas. Porque si luchas y haces frente tienes más posibilidades de encontrar lo que yo acabo de encontrar: a esa persona que te convenza de todo esto que acabo de escribir.

Ojalá yo también se lo hubiera dicho a ella.

CAPÍTULO 24

Octubre llegó muy rápido. Habían sucedido tantas cosas en septiembre que no podía creer que la última semana hubiera sido más o menos tranquila. Visité a Paloma todos los días, acompañada de Bruno o de Ester. También Alba vino algún día. No quería quedarme con mi exnovia a solas por lo que pudiera pensar o cómo pudiera reaccionar. Creo que poco a poco fue comprendiendo que lo nuestro había terminado, aunque en ocasiones lanzaba alguna indirecta de lo que seguía sintiendo. Me daba pena verla así, pero tenía la esperanza de que esta vez se recuperaría definitivamente.

Sin embargo, lo que marcó esa semana fue otra cosa.

Todo se inició con una conversación de chicas en la cafetería del hospital. Ese jueves, Bruno, Ester, Valeria, Raúl y yo fuimos a ver a Paloma, a la que habían llevado a una habitación en otra planta. Aún debía estar unos días más allí, pero las sensaciones eran positivas y pronto la darían de alta y continuaría un tratamiento en casa.

Las chicas bajamos a tomarnos un café mientras los chicos se quedaron charlando con ella.

—Anoche me llamó Sam —comentó Ester tamborileando con los dedos en la mesa.

—¿Sí? ¿Y qué quería? —le preguntó Val, que estaba devorando un enorme bizcocho de chocolate.

—Que nos viéramos.

No lo decía con mucho entusiasmo. Más bien con pereza.

—¿Y qué le has dicho?

—Pues que sí —le contestó Ester a Valeria—. Hemos quedado en vernos mañana por la tarde.

—¿De verdad?

—Sí, Val. De verdad.

—No sé. Me parece mono. Pero es muy descarado.

Las dos nos quedamos mirando a Valeria mientras hablaba. Le hicimos una señal para avisarle de que se había manchado la comisura de los labios de chocolate. Estaba muy graciosa.

—Me gusta. Aunque tienes razón, es un descarado.

—Ése va a lo que va. Te lo digo yo.

—No sé —dijo Ester pensativa—. ¿Tú qué piensas, Meri?

Hasta ese instante no había opinado. Nunca me había gustado Samuel. Cuando Ester nos dijo que en verano se había enredado con él no lo podía creer. No combinan. Son totalmente diferentes y no creía que pudieran encajar como pareja. Pero la decisión era de ella.

—Yo pienso que a ti te gusta otro chico —solté sin reparos.

—Ésa es otra historia.

—Ésa es la misma historia, Ester —insistí—. Si te gusta un chico y sales con otro... Todo está relacionado.

—Pero si ese chico sigue besando a sus ex y no se atreve a pedirme salir... ¿Qué quieres que haga?

—Ese chico cometió un error. Como el que cometerás tú si le das una oportunidad al Harry Styles.

—Se ha cortado el pelo, ya no se parece tanto a él.

—Me da igual cómo lo tenga. Con el pelo largo o corto continuará siendo el mismo.

—Pues igual que ese chico que se besa con sus ex estando yo delante. No cambiará.

—Creo que está loco por ti —comenté convencida—. Como siempre lo ha estado.

—No lo creo.

—Yo sí. Está clarísimo.

Valeria nos observaba a una y otra masticando ferozmente.

—Se refieren a Bruno, ¿verdad?

Las dos la miramos de nuevo. Otra vez tenía la boca cubierta de chocolate. Se lo advertimos, riéndonos. Agarró una servilleta y se limpió.

—Sí, nos referimos a Bruno —concluyó Ester.

—¿Por qué no tomas tú la iniciativa y le preguntas si quiere salir contigo?

—Porque mañana ya quedé en ver a Sam.

—Puedes cancelarlo.

Ester negó con la cabeza y dio un sorbo rápido a su café.

—A ver, chicas. Creo que no entienden muy bien esto. Fue Bruno el que besó a Alba en su cumpleaños cuando estaba a punto de lanzarme.

—Pero también dejó a Alba porque no estaba enamorado de ella —repliqué—. Creo que nunca lo estuvo porque nunca ha dejado de pensar en ti.

—Pues bien que lo disimula ahora. Casi no me habla.

—Porque te enredaste con Samuel para vengarte de aquel absurdo y estúpido beso que no significó nada.

—¡Y para qué la besa!

—¡Porque es igual de tonto que tú, que mañana vas a salir con Harry Styles!

Cuando Valeria terminó de comerse el pan se chupó los dedos y se limpió con otra servilleta de papel.

—¿Por qué me miran así? ¿No han visto nunca a nadie comerse un bizcocho?

—De esa manera... no —contesté.

—Qué exagerada —dijo repasando con la lengua el borde de sus labios—. Pero, ¿pueden creer que sigo teniendo hambre?

CAPÍTULO 25

—Luego te llamo —dije con una gran sonrisa—. Un beso.

Recibí otro beso de Laura y colgué. Después, me dejé caer en la cama y suspiré como hacía tiempo que no lo hacía. ¿Me estaba enamorando?

Por fin había decidido darle esa ansiada oportunidad. Aunque todavía no habíamos salido juntas de verdad. Simplemente, nos veíamos en la escuela, después de comer o antes de cenar. Siempre en secreto, durante poco tiempo. Aunque toda esa semana se había llenado de besos, abrazos y bonitas palabras.

Estaba ilusionada, aunque temerosa. No me quería confiar. No quería dejarme llevar del todo por mis sentimientos. Además, seguía estando muy presente y demasiado reciente lo de Paloma. A ella no le había dicho nada tampoco. No era lo mejor para su recuperación. Cuando la dieran de alta y volviera a casa, le informaría de todo.

Llevaba cinco minutos pensando en Laura y en todas las consecuencias de estar con ella cuando mi celular sonó. Era un WhatsApp de Ester.

«¿Estás libre? ¿Puedo llamarte ahora?»

No era habitual que mi amiga enviara esa clase de mensajes. Así que le respondí que sí y esperé su llamada con curiosidad, algo que no tardó en suceder.

—¿Ester?

—Hola, pelirroja. ¿Estás en tu casa?

—Sí, en mi habitación —contesté. La notaba algo alterada—. ¿Qué te pasa?

—Estoy hecha un lío. No sé qué hacer.

—¿A qué te refieres?

—He estado pensando en lo que hablamos en la cafetería del hospital. Lo de Sam, Bruno... Tienes razón. El que me gusta es Bruno.

No había dicho nada nuevo, aunque que lo expresara así, tan abiertamente, sin dar rodeos ni poner excusas sí que era una novedad.

—¿Y dónde está el problema? Cancela la cita con Sam y habla con Bruno.

—No es tan sencillo.

—Esto sí es más fácil. No tienes nada con ese chico. Olvídalo.

—Me ha vuelto a llamar. ¿Sabes que tiene boletos para el Coca-Cola Music Experience de mañana?

—¡Pues dile que no vas!

—Auryn, The Wanted, Critika y Saik, Sweet California, Xriz, Rasel... ¿Estás loca? ¡Cómo no voy a ir!

La verdad es que todos aquellos artistas eran motivo suficiente como para ir a un concierto y no decir que no.

—No sé qué decirte, Ester.

—¡Ves cómo era complicado decidir! —gritó desesperada—. ¿Soy muy interesada si voy al concierto y luego lo rechazo?

—Un poquito.

—Sam me gusta. Lo del verano no estuvo mal. Pero no creo que me vaya a enamorar nunca de él.

—Eso está claro.

—Pero es mejor chico de lo que piensas, aunque sea un descarado.

—Eso no lo tengo tan claro.

Mi amiga resopló y se lamentó al otro lado de la línea. Si iba a ese concierto corría el riesgo de que Samuel intentara algo con ella. O simplemente que Bruno se enterara de que había estado con él y entonces sí que no tendría ni una sola oportunidad.

—¡No sé qué hacer!

—Lo que te pida el cuerpo, Ester. Aunque lo principal, vayas al concierto o no, es que aclares de una vez por todas tus sentimientos.

—Sí. Eso debí haber hecho hace mucho tiempo.

No es fácil estar enamorado. Bruno y Ester eran la prueba de ello. Los dos llevaban muchos meses debatiéndose en un quiero y no puedo. Incluso estando con otras personas no dejaban de pensar en el otro. ¿Conseguirían por fin ponerse de acuerdo y darse una oportunidad? No lo tenía nada claro. Seguro que surgía alguna cosa que se interpondría de nuevo entre ambos.

Seguía hablando con mi amiga cuando la puerta de mi habitación se abrió.

—¿Vienes ya a cenar? —preguntó mi hermana desde el umbral—. Te estamos esperando.

—Sí, en seguida voy.

Dibujó una sonrisa y cerró. Gadea y Paul habían venido a cenar a casa. También mi padre. Así que nos esperaba una velada entretenida. De todas maneras, las cosas se habían tranquilizado bastante entre ella y mis padres. El hecho de que siguiera viviendo en casa y hubiera aplazado marcharse a un departamento con su novio había supuesto una tregua en la familia. Sin embargo, mi opinión no había cambiado. No me había vuelto a cruzar con el profesor de Manchester. Cada vez que mi hermana me había propuesto reunirme con ellos, lograba encontrar alguna excusa para no hacerlo. Pero aquella cena fue imposible evitarla.

—Ester, tengo que colgar. Me llaman para cenar.

—Bueno. Ya hablaremos mañana. Tenemos reunión por la mañana, ¿no?

Aquel viernes no había clases en la escuela por una huelga de profesores. Así que nosotros aprovecharíamos la mañana para organizarnos mejor la semana siguiente y debatir cómo enfocaríamos cada asignatura.

—Sí. Hemos quedado de vernos en Constanza.

—Bien. Allí nos veremos.

—No te vuelvas loca esta noche. Duerme.

—Qué fácil es decirlo...

—¿Y si voy yo al concierto por ti? —le pregunté bromeando.

—Ni lo sueñes.

Y tras reírnos un poco las dos y desearnos las buenas noches, terminamos la conversación. Me preocupaba que fuera al concierto con Sam, aunque también entendía que no lo rechazara. Seguro que aquel chico haría de las suyas. Esperaba que aquel tipo no la hipnotizara y acabara cayendo en sus redes de nuevo.

Dejé el celular cargando y salí de mi habitación. En el comedor ya estaban sentados mi padre, mi hermana y Paul. El chico me miró, me saludó amablemente y se levantó para darme dos besos. Acepté muy seria y después ocupé el lugar que Gadea me indicó entre ella y mi padre.

A los pocos segundos apareció mi madre con un gran recipiente en el que había una ensalada césar.

—Pueden servirse —apuntó dejando la fuente encima de la mesa y regresando a la cocina.

Mientras Gadea nos servía un poco a cada uno, Paul trató de romper el hielo que había instalado en aquella habitación.

—¿Qué tal en la escuela, Meri? ¿Les están exigiendo mucho en el principio de año?

—Sí —respondí sin más.

No pretendía ser antipática, o tal vez sí. Simplemente, lo que ocurría es que no tenía ganas de estar sentada en la misma mesa que él.

—El último año siempre es más complicado.

—Si tú lo dices...

Mi hermana me miró e hizo un gesto de desaprobación. Aunque rápidamente sonrió y continuó sirviéndonos la ensalada a todos. Estaba muy claro que Gadea no tenía intención de que hubiera ningún tipo de mala vibra. Había organizado la cena para que las cosas fueran mejor entre todos.

—¿Y ya sabes qué vas a estudiar el año que viene? —insistió Paul, que no quería darse por vencido conmigo.

—No. No lo sé.

—Imagino que tienes muchas dudas sobre la carrera que vas a elegir. Todos las tenemos al comienzo del último curso.

—No tengo dudas. Simplemente, es que no lo he pensado —mentí.

Cuando uno está en segundo de bachillerato y tiene el examen de selectividad a la vuelta de la esquina, piensa muchísimo sobre cómo va a ser su futuro. Especialmente, reflexionas día y noche sobre a qué te quieres dedicar y qué carrera vas a escoger en unos pocos meses. Sin embargo, no quería hablar con Paul de ese tema. Ni de ése ni de otro. ¿Tan complicado era entender que no deseaba que me dirigiera la palabra?

—¿No querías estudiar Filología Hispánica? —me preguntó mi padre, que intuía que algo pasaba entre nosotros dos.

—No lo sé, papá. No quiero hablar más de eso ahora.

—Bueno, bueno. No haré más preguntas.

Todos guardamos silencio hasta que apareció mi madre con un plato lleno de huevos rellenos. Se sentó al lado de Paul y nos fue mirando uno por uno.

—¿De qué estaban hablando?

—Tu hija no está de muy buen humor hoy para hablar —respondió mi padre, algo que me molestó.

—No estoy de mal humor.

—¿Y por qué te pones todo el rato a la defensiva?

—Porque...

—Déjala. Pobre —contestó mi madre por mí—. Lleva toda la semana yendo a visitar al hospital a su chica. Estará cansada. Los hospitales te dejan agotada.

—Ya no es mi chica, mamá. Hemos roto.

—Es verdad. Perdona.

No comprendía por qué mi madre había hecho ese comentario, ya que sabía perfectamente que había terminado con Paloma. Mi padre también estaba enterado de lo del hospital y de la ruptura, se lo había contado Mara, así que no se sorprendió.

—¿Está en el hospital? ¿Qué le pasa? —preguntó Paul, dejando a un lado el tenedor con el que había pinchado una hoja de lechuga.

—Me contaste que habían terminado, pero no sabía que estaba en el hospital —añadió Gadea arrugando la frente.

—Se ha hecho cortes en los brazos —murmuró mi madre.

Estoy segura de que no lo dijo con mala intención, ni que tratara de molestarme con aquel comentario, que, por otra parte, era cierto. Pero me sentó fatal. La observé primero a ella, fulminándola con la mirada, y luego miré a Paul para ver qué reacción había tenido. No sé si fueron imaginaciones mías, posiblemente sugestionada por mi odio hacia él, pero me pareció que sonreía. Juraría que aquel estúpido se había reído de un asunto tan grave y que me afectaba tanto. Entonces estallé.

—¿Te hace gracia que mi exnovia se haya cortado los brazos? —le pregunté levantando la voz.

—¿Perdona? No te entiendo.

—¡María, no le hables así! —gritó mi hermana.

—¿No te das cuenta, Gadea? Este tipo es despreciable. ¡Cómo puedes defenderlo!

Mi padre y mi madre estuvieron a punto de intervenir, pero fue Paul el que, sorprendentemente, me contestó.

—¿Por qué soy despreciable? —quiso saber, aparentemente calmado.

Daba la impresión de que mis palabras le habían molestado, pero que contenía su rabia. O eso es lo que a mí me transmitía.

No quería continuar la discusión. Si hablaba más de la cuenta y sin pruebas, saldría perdiendo y, además, provocaría otro enfrentamiento en mi familia. No quería volverme a sentir culpable de otra pelea.

—Por nada.

—No. Por favor. Dime por qué soy despreciable. Me has llamado así, ¿no? ¿O es que no te he entendido bien?

—Déjame. No quiero seguir hablando contigo.

Sentía la presión de su mirada clavada en mí. Estuve a punto de levantarme y salir corriendo hacia mi cuarto. Pero aguanté sentada, esperando acontecimientos. Acontecimientos que se desarrollaron inmediatamente y no de una manera agradable.

—Si acusas a alguien de algo, ten valor para terminar esa acusación —comentó arrogante Paul—. No tires la piedra y escondas la mano. ¿Se dice así en castellano?

—María ya te ha dicho que no quiere seguir hablando. Se terminó el asunto —intervino mi madre, a la que no gustó nada su tono de voz.

—Sí, se acabó la discusión —añadió mi padre, también a disgusto por aquella violenta situación.

Sin embargo, la historia continuó. Y de la forma más insospechada. Aquel chico se puso de pie y se dirigió a mis padres en un tono cortés, pero repleto de sarcasmo y desprecio.

—Como profesor y educador que soy, no me resisto a opinar. No puedo aguantarlo más. Ya está bien. No niego que su hija recibió la mejor formación por su parte. Imagino que no es fácil tratar con una adolescente de este tipo. Pero hay cosas que ustedes debieron parar a tiempo.

El rostro de Gadea palideció al escucharlo. La observaba y no quería estar en su piel en ese momento. Las cartas sobre la mesa por fin.

¡Su novio se había delatado a sí mismo!

—¿Qué es lo que debimos parar a tiempo? —le preguntó mi madre desconcertada.

—¿Cómo permiten que su hija salga con otra chica? ¿No se dan cuenta de que es antinatural?

—Lo único que es antinatural es que digas eso. Eso sí que me parece una falta de educación. Es más. Me da miedo lo que le puedas enseñar a los chicos a los que les das clase —señaló mi padre levantándose de la silla.

—Los gais y las lesbianas son personas que hacen daño al mundo. No los odio, ni les deseo ningún mal. Pero si no existieran, todos seríamos más felices.

Tras aquellas palabras, se hizo el silencio. Un silencio parecido al que se produce antes de una explosión. Yo me temía lo peor, sabía que alguien iba a reaccionar. Se notaba en el ambiente la tensión que se había creado. Y fue mi hermana la encargada de que todo volara por los aires. Se puso de pie, agarró la bandeja de huevos rellenos y se la lanzó a Paul. Éste no logró esquivarlos y los huevos impactaron en su playera.

El profesor de Manchester reprodujo varios insultos en inglés y miró hacia abajo. Los pantalones también se le habían manchado de mayonesa.

—¿Qué *conio* haces?

—¡Vete de mi casa ahora mismo! —exclamó mi hermana—. No quiero volver a verte.

—Pero... ¿estás loca o qué te pasa?

—Ya has escuchado a tu novia.

—A su exnovia —le rectificó Gadea a mi padre.

Paul soltó más improperios en inglés y, tras limpiarse con la servilleta, se marchó de casa dando un portazo al salir. Fue un gran alivio cuando desapareció, aunque me sentí muy mal por mi hermana, que, llorando, se marchó corriendo a su habitación.

Me daba rabia que otra vez un tipo le hiciera daño y me sentía un poco culpable por encender la mecha aquella noche. Pero era mejor así. Tarde o temprano hubiera descubierto la verdad sobre Paul.

Ella se merecía que en su vida apareciera alguien mucho mejor.

CAPÍTULO 26

No hubo consuelo para Gadea a lo largo de toda la noche de aquel fatídico jueves. Hablé con mi hermana durante más de una hora, pero no logré convencerla de que no se preocupara, que seguro encontraría un buen chico muy pronto. Sin embargo, ella no paraba de decir que se habían terminado los novios para siempre.

La escuchaba sollozar desde mi habitación y se me partía el corazón.

A la mañana siguiente, me la encontré en piyama tomando un café en la cocina. Mi madre estaba con ella. Tenía cara de haber llorado mucho y de no haber dormido en toda la noche. Y así había sido.

—Hoy no tengo clase porque los profes están en huelga. He quedado en ver a los chicos en Constanza, pero, cuando vuelva, si quieres nos vamos a comer juntas —le comenté después de darle un beso.

Aceptó mi propuesta y continuó agazapada en la silla con la taza de café caliente en las manos. Me despedí de las dos y me marché. Mientras caminaba hacia la cafetería de la madre de Valeria, llamé a Laura.

—Buenos días.

—Buenos días, ojos bonitos.

—¿Qué tal? ¿Cómo has dormido?

—Pues... regular —contestó tras dudar qué responderme.

—¿Y eso? ¿Qué ha pasado?

—Nada. Que mi hermana ha venido a pasar el fin de semana. Llegó a casa hacia las dos de la madrugada.

Sólo una vez me había hablado de Sara, la estudiante de Medicina con la que no se hablaba desde el día en el que nos conocimos. Había intentado sacarle el tema un par de veces, pero lo había eludido. Tampoco quise insistir más, porque parecía que la hacía sentir incómoda.

Sin embargo, en esa ocasión había sido Laura la que había mencionado a su hermana en primer lugar.

—¿Han hablado?

—Sí. Pero no nos hemos dicho nada bueno.

—Vaya. ¿Siguen enfadadas?

—Eso parece.

—¿Quieres hablar sobre ello?

—Mmmm. No. Quiero hablar de ti y de mí. Necesito que me saques de casa cuanto antes. Vaya mierda de mañana, y eso que no hemos tenido clase.

—Hasta esta tarde no puedo. Ya lo sabes.

—¿No podemos vernos ahora por la mañana un ratito?

—Lo siento. He quedado con los chicos para preparar la semana que viene.

Laura emitió un sonido indescifrable por el celular, que daba entender que aquello no le gustaba nada.

—Me siento excluida.

—No digas eso.

—Estamos en la misma clase. Los conozco a todos. Y ninguno me cae especialmente mal. ¿Por qué no me invitas a esas reuniones?

—¿Ninguno te cae especialmente mal? ¿Qué significa eso?

—Que la parejita es mona, pero empalaga como un pastel de merengue y nata. Ester es simpática, pero demasiado angelical, y Bruno es un marginado con escaso encanto.

—¿Me estás hablando en serio?

¿Ésa era la imagen que Laura tenía de los Incomprendidos? Me quedé atónita cuando la escuché decir eso de mis amigos. ¡No me lo esperaba!

—Pues... no, mujer, no. Son buena onda —señaló cambiando el tono de voz—. Aunque ahora mismo todos me caen mal porque vas a pasar la mañana con ellos. ¿Y yo qué?

Respiré hondo al saber que aquello sólo había sido una broma impulsada por una rabieta. Que a

Laura no le cayeran bien los chicos me habría preocupado. Tarde o temprano también ella empezaría a formar parte de nosotros.

—Dame tiempo para que vaya introduciéndote en el grupo.

—¿Se lo has dicho a alguien?

—¿Qué cosa?

—¡Qué va a ser! ¡Nuestra bonita historia de amor!

—Pues... más o menos. Valeria y Ester saben algo. Y creo que Bruno se lo imagina. Raúl está muy pendiente de su corto ahora y no se da cuenta de la mitad.

—¿Está escribiendo un corto?

—Sí. Pero no nos quiere contar nada.

El resto del camino conversamos sobre ese tema. A ella le gustaba la actuación, algo que no me había contado hasta ahora. Nunca había hecho nada serio, pero no le molestaría participar en alguno de los cortos de Raúl. Además, le comenté que Alba también quería ser actriz y que iba a prepararse para ello cuando terminara la escuela. Laura todavía no la conocía personalmente, aunque sí le había hablado varias veces de la exnovia de Bruno y su particular relación.

—El exnovio de mi hermana es actor —comentó. Me dijo el nombre, pero yo no lo conocía.

—Pues te puede echar una mano.

—No creo que ésa sea una buena idea.

—¿Por qué?

No respondió. Todo lo que tenía que ver con su hermana Sara se convertía inmediatamente en un misterio. Lo que había pasado entre ellas debía de haber sido algo muy gordo para que se comportara de esa forma.

—Bueno, ¿a qué hora terminas con los Incomprendidos?

—No lo sé. Estaremos en la cafetería juntos un par de horas o tres —indiqué dudosa—. Pero luego comeré con mi hermana. La pobre estaba fatal.

Anoche cuando me llamó después de cenar le expliqué lo que había sucedido con Paul. Se solidarizaba conmigo, pero me dijo que si ella hubiera estado allí, en ese instante, los huevos que habrían salido volando habrían sido otros.

—Lo comprendo. Llámame entonces cuando puedas para ver a qué hora y dónde nos vemos esta tarde.

—Muy bien. Luego lo hablamos.

—¡Tengo ganas de nuestra primera cita!

—Yo también.

—¿Haremos algo de la lista? ¿Preparo el gorro de baño?

Me reí y la mandé a volar. Siempre me sorprendía con cosas así. Después nos dimos besos telefónicos y ella decidió colgar primero. En realidad, yo ya estaba delante de la cafetería Constanza.

Cuando entré, sólo Valeria y Raúl habían llegado. Estaban desayunando churros con chocolate. Le pedí a Mara un chocolate y me senté con ellos.

—¿Quieres un churrito? —me preguntó Val, que estaba dando buena cuenta de uno empapadísimo de chocolate.

—No, gracias.

—Anda, Meri. Si están buenísimos.

—No, no. De verdad.

—Últimamente, parece que tengas que comer por dos —soltó Raúl, sonriendo, antes de llevarse la taza a la boca.

Valeria se atragantó al escucharlo y empezó a toser.

—¿Estás bien? —le pregunté. Se estaba poniendo roja como un tomate.

—No. Agua. Agua, por favor.

Raúl se levantó y corrió a la barra por un vaso de agua.

—¿Le has dicho algo? —susurré.

—No. Nada.

No pudimos hablar más porque mi amigo llegó rápidamente con el vaso de agua. Se lo entregó a su novia y ésta bebió hasta que se lo terminó.

—Te he salvado la vida. Me debes una —bromeó Raúl ocupando de nuevo su sitio.

Los tres estuvimos desayunando y hablando de lo que había sucedido en mi casa la noche anterior con Gadea y Paul. Ester vino luego y se incorporó a la conversación. Finalmente, también apareció Bruno.

Los cinco conversamos un buen rato del tema. Todos compartíamos la misma opinión y llegamos a la misma conclusión: aquel era un tipo despreciable.

Una vez resuelto el asunto del profesor de Manchester, exnovio de mi hermana, nos pusimos a debatir sobre cómo enfocar el año y las asignaturas. Aquí no hubo tanta unanimidad, pero conseguimos ponernos de acuerdo.

Me alegré de que las cosas con Bruno estuvieran mucho mejor. Mi amigo se mostró más atento y amable conmigo que últimamente. E incluso apoyó mis ideas sobre el funcionamiento del grupo. No sucedía lo mismo con Ester. Entre ellos seguía existiendo esa tensión constante y permanente desde hacía varias semanas.

—Una pausa de cinco minutos —propuso Raúl estirándose.

—Perfecto. Voy un momento al baño —comenté frotándome los ojos.

—Te acompaño —dijo Ester.

Las dos nos pusimos de pie y fuimos al baño juntas. Estaba segura de que quería contarme algo y no me equivoqué. Allí dentro, de nuevo, sacó el tema del concierto.

—Sam me ha vuelto a llamar.

—Qué latoso es. ¿Qué quería esta vez?

—Confirmar que iba a ir al concierto.

—¿Y qué le has dicho al final?

Mi amiga agachó la cabeza y abrió la llave del

agua fría al máximo. No quería que nadie escuchara aquella conversación.

—Que sí —reconoció—. Me gusta Bruno, pero Sam también...

—Pero Bruno más.

—Sí, Bruno más. Y se lo voy a decir cuando salga del concierto. Le pediré que salgamos mañana a dar una vuelta y ahí... ¡Zas! Le diré lo que siento.

—¿Y si en el concierto te dejas seducir por el Harry Styles?

—¡Claro que no! Sólo voy a ir al concierto con él. De verdad. Es que me parecería muy feo decirle que no voy después de que haya comprado el boleto y todo. Estamos en pista.

—No me des envidia, anda.

Ester se lavó las manos y se peinó el flequillo en forma de cortinilla delante del espejo.

—Esta vez lo tengo muy claro, Meri. Espero que Bruno no me dé calabazas.

—Si se entera de que vas al concierto con Sam, tendrás suficientes para varios Halloween.

—Uff. No le digas nada, por favor.

—No lo haré.

Cuando salimos del cuarto de baño, vimos que Alba también se había incorporado a la reunión. Parecía que estaba esperando que nosotras regresáramos para contarnos algo importante a todos. Ester y yo la saludamos y nos sentamos donde estábamos antes.

—¿A que no saben qué me ha conseguido el hermano del novio de mi madre que trabaja en Coca-cola? —preguntó eufórica—. ¡Seis entradas para el Coca-Cola Music Experience de esta tarde! ¡Díganme todos que pueden venir!

Ester me miró a la misma velocidad a la que yo la miré a ella. Aquello no era posible. El destino volvía a ser caprichoso. Valeria y Raúl en seguida dijeron que sí. Se dieron un beso y Alba se puso muy contenta de que aceptaran.

—Yo no puedo —contestó Ester muy nerviosa.

—¿Por qué?

—Porque... me voy con... mis padres. A cenar. Sí, a cenar con ellos y mis tíos. No me puedo safar. Lo siento.

Era muy obvio que estaba improvisando sobre la marcha y mintiendo. Me di cuenta de cómo la miraba Bruno y cómo decía que no con la cabeza. Él lo sabía y creo que el resto también. Alba insistió, pero no logró convencer a Ester. ¿Cómo iba a hacerlo? ¡Si ella iba a ir al concierto con Sam! Sin embargo, no podía decir nada. Si lo hacía, Bruno se enfadaría y corría peligro su posible oportunidad.

—Bueno. Pues ni modo —se resignó Alba, que pensó que la negativa de Ester era por algo personal con ella—. ¿Y tú qué dices, Bruno?

—¿Quiénes tocan en el concierto?

—Sweet California, Auryn, Abraham Mateo, The Wanted...

—Paso. No me va ese tipo de música.

—Anda, Bruno. ¡Si son todos buenísimos! —exclamó Alba, decepcionada por la segunda negativa.

—Prefiero quedarme en casa viendo el Málaga contra el Osasuna.

—¡Por favor!

Alba parecía hundida cuando Bruno rechazó la invitación. Me daba pena. Creo que se estaba esforzando una vez más para que todos estuviéramos unidos.

Sólo faltaba yo por opinar. Y entonces se me prendió el foco.

—Oye, Alba. Si Bruno y Ester no van, ¿te sobra un boleto?

—Me sobran dos.

—¿Te molesta que yo vaya con alguien?

Todos se sorprendieron cuando hice aquella pregunta. Valeria y Ester fueron las únicas que comprendieron a quién me refería y me dieron su *okey*.

Con el boleto al Coca-Cola Music Experience que Alba me dio podría adentrar un poco más a Laura en el grupo, tendríamos nuestra esperadísima primera cita y tacharía el punto número cinco de la lista. No había duda de que aquél iba a ser un concierto muy especial.

Y vaya que sería especial...

CAPÍTULO 27

Aquel primer viernes de octubre jamás lo olvidaré. Y no sólo por lo espectacular que fue aquel concierto repleto de sorpresas y buena música.

Cuando llamé a Laura para decirle que tenía boletos para el Coca-Cola Music Experience se puso como loca. Sin embargo, al avisarle de que no iríamos las dos solas, sino con algunos de mis amigos, su emoción disminuyó.

—¿No querías integrarte en el grupo? —protesté algo molesta.

—¡Sí! ¡Pero es nuestra primera cita!

—¡Habrá más citas para estar las dos solas! ¡Es el Coca-Cola Music Experience!

—Lo sé. Y le agradezco a tu amiga que me haya dado un boleto.

—Será genial. Ya lo verás.

A las cinco y media se abrían las puertas. Nuestros boletos eran de pista, así que cuanto antes llegáramos, mejor sitio tendríamos.

Laura y yo quedamos en ir juntas. A Alba, Valeria y Raúl los veíamos en el Palacio de los Deportes hacia las cuatro. También quería pasar un rato a solas con ella antes del concierto. Pero antes de encontrarnos en la estación del metro recibí la llamada de una preocupadísima Ester.

—¡Estas cosas sólo me pasan a mí! —exclamó alterada.

—No te preocupes tanto, que Bruno no va.

—Sí. Pero ¿y si Alba me ve con Sam y se lo cuenta?

—Espero que no pase eso.

—Se me han quitado hasta las ganas del concierto. Tendré que estar pendiente todo el tiempo de si nos encontramos con ustedes.

—Habrá mucha gente y las luces estarán apagadas dentro del pabellón. Será muy difícil que nos veamos.

—Ya verás como Alba me ve. Tengo tan mala suerte...

Sabía que las posibilidades de que coincidiéramos con ellos no eran muchas, pero sí que existía esa probabilidad. Y viendo lo caprichoso que había sido el destino, no me extrañaba nada que termináramos todos bailando y cantando en el mismo lado de la pista. Pero mi labor era tranquilizar a mi amiga.

—Todo saldrá bien. Cuando estemos dentro, te avisaré de la zona de la pista que elegimos.

—¿A qué hora irán?

—Hemos quedado en vernos en la puerta del Palacio de los Deportes a las cuatro. ¿Y ustedes?

—Sam me va a invitar a comer, así que llegaremos un poco más tarde.

—Cuidado con ése.

—Sí. No te preocupes. No haré nada con él.

Yo no confiaba en Samuel, pero Ester ya era mayorcita para saber lo que hacía. Si quería tener algo con Bruno, éste no se podía enterar de que había ido al concierto con el chico con el que se había enredado en verano.

Veía a Laura seria en ocasiones. A pesar de que era nuestra primera vez juntas saliendo por ahí, la notaba preocupada y distraída. Imaginaba que era por lo de su hermana, pero no quería preguntarle.

Llegamos al Palacio de los Deportes de Madrid y la cola ya era inmensa. Había mucha gente esperando. Raúl y Valeria ya habían llegado y nos pusimos con ellos. Mi amigo se sorprendió un poco cuando vio a Laura conmigo, pero en seguida comprendió todo. Estuvimos charlando animadamente los cuatro hasta que llegó Alba. Pero no lo hizo sola.

—¡Al final lo he convencido! —gritó jalando a Bruno para que también se pusiera en la cola.

—Hubiera preferido quedarme en casa viendo el Málaga-Osasuna, pero bueno.

Aquello no entraba en los planes. Si Bruno encontraba a Ester con Samuel, no sé cómo podría reaccionar y, sobre todo, no habría ninguna posibilidad de que al día siguiente empezaran a salir, por mucho que ella le revelara sus verdaderos sentimientos.

Presenté a Alba y a Laura y mientras ellas hablaban y se conocían un poco, mandé un WhatsApp a Ester.

«SOS. Estamos ya en la cola. No vengan todavía. ¡Bruno al final está aquí! Cuidado.»

Esperaba que se diera cuenta del mensaje pronto y que no se formaran todavía en la fila. Aún no teníamos suficiente gente detrás como para evitar que nos vieran desde el final de la cola.

Ester me respondió dos minutos después: «¡Dios! ¿Bruno está ahí? Qué mal. Al final, será un desastre».

Intenté calmarla con varios mensajes más en los que le decía que no se preocupara. Que si lo hacíamos bien, no se tendría por qué enterar de que estaba allí con Samuel. Pero mi amiga no estaba tan segura.

Por su parte, Laura parecía que había congeniado bastante bien con Alba. Las dos charlaban como si se conocieran de antes. También Raúl comenzó a hablar con ellas cuando sacaron el tema de la actuación. Aunque no soltó ni una pista acerca del corto que estaba escribiendo. Bruno, sin embargo, no estaba tan contento.

—Esto no es para mí, no sé por qué he venido —me dijo malhumorado.

—Relájate, hombre. La pasarás bien.

—Es que...

—¿Qué te pasa?

—Me fastidia que Ester no esté aquí con nosotros —confesó—. No sé si lo que nos contó de la cena con sus padres y sus tíos era verdad. Se le nota cuando miente. Sólo quiere estar lo más lejos posible de mí.

Tragué saliva e intenté que no se me notara nada. Bruno la conocía demasiado bien, sabía que había mentido.

—Olvídate de ella ahora y pásala bien con nosotros.

—No puedo olvidarme de ella. Ése es el problema —apuntó resignado—. Estos días, viendo lo que le ha pasado a Paloma, me he dado cuenta de que no sabes qué va a pasar en el futuro. Ni las oportunidades que vas a tener, ni cuándo cambiará todo de un día para otro. Lo de Ester parece una historia imposible. Fui estúpido besando a Alba en su cumpleaños y ella fue una estúpida enredándose con ese tipo en verano. Pero creo que entre los dos sigue habiendo algo. Algo que no sé si volveré a sentir por otra persona.

—Y esto, ¿por qué no se lo dices a ella?

—Porque no soy capaz.

Mi amigo estaba siendo sincero. Nunca había dejado de quererla, ni siquiera cuando Alba era su novia. Ester siempre aparecía en sus sueños y gobernaba sus sentimientos.

—Dale tiempo —le comenté sonriendo—. El tiempo seguro que les dará una oportunidad. Por lo menos para que lo intenten.

Él se encogió de hombros y prefirió dejar el tema. Aquel chico estaba muy enamorado de alguien que acababa de llegar a la cola acompañada de otro.

«Ya estoy aquí. No los veo. Por favor, mira hacia atrás y dime que no nos ves.»

Hice caso al WhatsApp de mi amiga y eché un vistazo hacia atrás. No se apreciaba ya el final de la cola y por tanto no podía verlos a ellos. Le mandé un mensaje para decírselo y ella respondió dándome las gracias algo más tranquila y aliviada.

—¿Con quién te escribes tanto, ojos bonitos? —me preguntó Laura acercándose a mí y agarrándome por la cintura.

—Con Gadea —le mentí. No podía decirle nada de Ester—. Quería saber cómo se encontraba. Al final, con las prisas del concierto ni siquiera comí con ella.

—¿Y estaba bien?

—Bueno, te lo puedes imaginar. Acaba de romper con su novio.

—Se le pasará cuando se dé cuenta de que estaba saliendo con un imbécil —dijo, y me dio un pico en los labios.

El grupo de chicas que iba detrás nos miró asombradas y cuchichearon algo. Todavía en pleno siglo XXI, el que dos chicas se den un beso es motivo de comentarios entre dientes. No le dimos importancia y continuamos conversando sobre mil cosas esperando a que las puertas del Palacio de los Deportes se abrieran. Nuestra primera cita sólo acababa de empezar. Lo interesante, dramático e inolvidable sucedió dentro, detrás de aquellas puertas.

CAPÍTULO 28

Todo el mundo se dio prisa para encontrar un buen sitio, en cuanto se abrieron las puertas. Yo no dejaba de mirar hacia atrás por si Ester y Sam ganaban posiciones entre el tumulto. Pero no los vi. Así que me quedé más tranquila.

Ya dentro del Palacio de los Deportes, elegimos irnos hacia el lado izquierdo de la pista. Estábamos a cierta distancia del escenario, aunque lo veíamos perfectamente desde allí. El grupo de chicas que estaba detrás de nosotros en la cola se ubicó a nuestro lado, algo que no me gustó demasiado. Y a Laura tampoco. Las miraba de manera desafiante de vez en cuando y ellas se reían.

—Ignórales. Son unas escuinclas que sólo vienen aquí a dar berridos —indicó Raúl, que se dio cuenta de lo que sucedía.

Decidimos hacerle caso y nos olvidamos de aquellas niñas maleducadas. No valía la pena perder ni un minuto más con ellas.

Cuando nuestra posición parecía definitiva, le envié un mensaje a Ester para informarle del sitio exacto en el que estábamos. Ella respondió que no andaban muy lejos, pero sí lo suficiente para que no nos viéramos.

—¿Otra vez un WhatsApp de Gadea?

—No. Éste era de Ester —le dije a Laura, para no mentirle más. Aunque no le di más explicaciones.

Ella no insistió tampoco. Me abrazó y nos dimos un beso pequeño en los labios. Cuando abrí los ojos después de besarnos, me encontré con la sonrisa de Valeria. Le sonreí también y me puse colorada. Era bonito volver a besar a alguien de verdad. En ese instante, me vino a la cabeza Paloma y me sentí un poco culpable. ¿Hasta cuándo iba a permanecer en mí su recuerdo y el de sus besos? Era una sensación extraña que había experimentado durante toda la semana. Traté de olvidarme y disfrutar de aquella nueva experiencia. Además, el concierto iba a empezar.

El público comenzó a gritar cuando vio aparecer a Tony Aguilar, el maestro de ceremonias y presentador del evento. El locutor de los 40 Principales se dirigió a nosotros lleno de energía y entusiasmo y deseó que la pasáramos genial con aquel extraordinario espectáculo musical que íbamos a presenciar.

El primero en aparecer en el escenario fue Mario Jefferson, que no estaba anunciado en el cartel y que nos sorprendió a todos para bien. Salió de detrás de una máquina expendedora de Coca-Cola y cantó dos temas de su repertorio. Cuando terminó su actuación gritamos su nombre y se marchó emocionado.

—Si esto es el principio, ¡cómo tiene que ser el resto del concierto! —exclamó eufórica Laura, que me abrazaba por detrás.

Me gustaba sentirla así, tan cerca. Con su cuerpo pegado al mío. Seguía preguntándome cómo aquella chica tan increíble se había interesado en mí. No lo terminaba de comprender. Pero tampoco iba a darle más vueltas aquella noche. Por lo menos, de momento.

Las siguientes en actuar fueron las chicas de Sweet California. Sus voces consiguieron que todos aplaudiéramos a rabiar. Me imaginaba que Ester estaría gritando como una loca. Aquél se había convertido en uno de sus grupos preferidos.

Precisamente de ella recibí un mensaje en cuanto Alba, Rocío y Sonia terminaron su parte y abandonaron el escenario después de ser aclamadas por el público.

«Creo que me ha tocado el trasero. No sé si ha sido sin querer, pero me ha puesto la mano en el pantalón varias veces.»

Leí el WhatsApp y me lamenté por haber acertado en mis predicciones. Estaba segura de que ese tipo iba a intentar hacer algo durante el concierto o después. No creía que la hubiera invitado a aquel evento sólo para escuchar música a su lado. No era esa clase de chicos. Samuel buscaría algo más.

«Al mínimo problema, si te sientes incómoda, lárgate de ahí. Ya sabes dónde estamos.»

Era lo único que podía decirle, pero sabía que Ester no vendría. Con Bruno allí nunca lo haría a no ser que el Harry Styles se pasara mucho de la raya.

—¿Te gusta? —me preguntó gritando Laura.

—¡Sí! Está bien.

—A mí me encanta.

Se refería al DJ Danny Moreno, la tercera actuación de la tarde. No era de mis preferidos del cartel, pero a ella le fascinaba. Bailó y se entregó durante los minutos que aquel chico estuvo en el escenario. E intentó contagiarme, aunque el baile no es lo mío. Me daba un poco de vergüenza que se contoneara de esa manera detrás de mí. Estaba consiguiendo que se me subieran los colores de nuevo. Y más cuando me volvió a besar, esta vez con mucha más pasión. No dejaba de moverse, de agitar sus caderas al ritmo de la música, mientras nuestros labios se mantenían pegados.

—Machorras, ya bájenle, ¿no? Hemos venido a escuchar música, no a verlas fajando todo el tiempo —comentó una de las chicas del grupo de al lado.

Eran ocho chicas más jóvenes que nosotras. La que habló parecía la mayor de ellas, aunque no era muy alta. Se trataba de una muchacha rubia, muy guapa, vestida de negro, que no pasaría de los quince o dieciséis años.

Laura se giró hacia ella y, sin dejar de besarme, alzó el dedo medio de su mano derecha. La chica la insultó y la cosa no pasó a mayores porque Raúl y Valeria se colocaron en medio.

—No se metan en líos, pelirroja.

—No te preocupes, Raúl. Ni las miraremos.

Hablé con Laura del tema y acordamos ignorar a aquellas chicas definitivamente.

Tras Danny Romero llegó Xriz, que conquistó a todas las adolescentes y no tan adolescentes presentes con su tema *Me enamoré*. Después cantó Rasel, que nos encantó por su presencia arrolladora en el escenario. En mi opinión fue de lo mejor del Coca-cola Music Experience.

Mientras tanto, no había vuelto a recibir ningún mensaje de Ester. Ésa era una buena señal. Así que me olvidé un poco de ella y de Sam, y me centré en disfrutar del concierto y de la persona de la que no era capaz de soltarme. Vimos abrazadas toda la actuación de Critika y Saik. Yo delante y Laura sujetándome por detrás, con las manos en mi abdomen. Hasta tarareamos juntas sus canciones.

Cuando el dúo tinerfeño concluyó, tras un breve descanso y unas palabras de Tony Aguilar, la locura se desató en el Palacio de los Deportes de Madrid. ¡El que había salido al escenario era Abraham Mateo! Eran múltiples las pancartas que vi dedicadas a él e innumerable la cantidad de chicas jóvenes que tenían pintado por todo el cuerpo el nombre de su ídolo o alguna referencia a aquel joven cantante con su inseparable gorra.

—¡Vaya la que se ha armado! —gritó Valeria, para que pudiéramos oírla.

—¡Si estuvieran aquí mis hermanas se morirían! —exclamó Raúl.

—¿Por qué no las llamas o les dejas un mensaje de voz?

—¡No tengo pila en el celular!

—¡Yo te presto el mío! —le dijo su novia.

—¡Gracias!

Raúl agarró el *smartphone* de Val y entró en WhatsApp para enviarles un audio a Daniela y a Bárbara. Sin embargo, cuando iba a buscar el número de una de ellas para mandar el mensaje de voz, descubrió algo de lo que no sabía nada.

—¡Oye! ¿Qué es esto de «Operación Predictor»? —preguntó alarmado. Especialmente, cuando fue al principio de la conversación y leyó los primeros mensajes que habíamos escrito Valeria, Ester y yo.

—Verás, es que...

—¿Estás embarazada?

El ruido era ensordecedor. Apenas podía oír lo que la pareja estaba diciendo. Y todavía se escuchaba menos cuando Abraham Mateo empezó a cantar *Señorita*. Sus fans se volvieron locas y gritaban tan alto como sus voces les permitían, entre llantos y «te quiero».

Valeria agarró de la mano a Raúl y se lo llevó de allí como pudo, después de avisarnos de que regresarían en unos minutos.

Tenían mucho de lo que hablar.

—¿Sabes qué ha pasado con esos dos? —preguntó Bruno, que no comprendía lo que había sucedido.

Alba también se acercó a mí para escuchar y Laura se agachó un poco para enterarse de todo.

—Hace unos días, Valeria se hizo una prueba de embarazo —les comenté, en medio de todo aquel jaleo que se había armado.

—¡Dios! ¿Está embarazada? —preguntó Alba.

Los tres me miraron fijamente esperando una respuesta inmediata y convincente.

—No. No lo está. Sólo fue una falsa alarma.

CAPÍTULO 29

Cuando Abraham Mateo terminó, hubo una pausa de varios minutos para que se preparara Auryn, uno de los platos fuertes del día.

Las chicas que estaban al lado, sin la presencia de Valeria y Raúl entre ellas y nosotras, volvieron a molestarnos, aunque Laura y yo intentamos ignorarlas.

Si el griterío con Abraham Mateo fue ensordecedor, el que se originó cuando Tony Aguilar presentó a la *boy band* española más admirada del momento fue indescriptible. Las luces de los celulares iluminaban la pista y el graderío, completamente a oscuras. La expectación era máxima.

Blas, Dani, Álvaro, Carlos y David aparecieron en una plataforma que fue ascendiendo hacia el techo del pabellón, al tiempo que cantaban *Breathe your fire.* Fue espectacular.

En ese instante, mi celular vibró. Lo examiné y leí lo que me habían escrito.

«La estoy pasando fatal. Ha intentado besarme

varias veces y me está metiendo mano todo el tiempo. Le he dicho que no quiero nada con él y que a la próxima me marcharía. Me ha contestado que eso no era lo que le decía en verano.»

El mensaje de Ester me sobrecogió. No tendría que haber dejado que fuera al concierto con aquel chico. Estaban muy claras cuáles eran las intenciones de Sam desde el principio.

«Ven con nosotros. Te lo pido por favor.»

Estuve a punto de ir yo a buscarla, pero no podía dejar a Laura sola y tampoco era el momento para explicarle lo que estaba pasando. Ya me había mirado extrañada cuando se enteró de la prueba de embarazo que se había hecho Valeria. Si también descubría que le había ocultado lo de Ester, se sentiría mal por no haber confiado en ella dos veces.

Apenas pude disfrutar de la actuación de Auryn, que cantaron varios de sus temas más conocidos. Pensaba en mi amiga y en lo mal que la debía de estar pasando. Sin embargo, tampoco podía enviarle mensajes porque Laura se daría cuenta de que algo sucedía. ¿Qué podía hacer?

El tiempo pasaba y mi inquietud crecía.

Hubo un instante en el concierto en el que los chicos de Auryn desaparecieron del escenario. Fue el momento en el que Raúl y Valeria aprovecharon para regresar junto a nosotros. Temía que se hubieran enfadado, que hubiera habido una bronca entre ellos por lo del Predictor. Sin embargo, eso no sucedió o al menos no aparentaban que hubiera ocurrido. Se abrazaron cariñosamente, escucharon la música y Val me hizo un gesto de que las cosas estaban bien. Ella había decidido no contarle nada para que no se enfadase por hacer algo tan importante a escondidas. Si hubiera dado positivo, se lo habría dicho el mismo día. Pero ante el resultado negativo del test prefirió guardárselo para sí misma. Al final, como suele pasar con estas cosas, Raúl y los demás se enteraron de lo que había sucedido y de que la Operación Predictor se había quedado en un simulacro.

Cuando Auryn volvió, los cinco vestidos con chaqueta y pantalón oscuro, para estrenar *Viral*, recibí un nuevo WhatsApp de Ester.

«Me voy. No puedo más.»

Entonces me asusté. No sabía cómo debía actuar. Tampoco sabía qué estaba pasando. Alcancé de nuevo mi celular y le pregunté qué sucedía, ante la mirada atenta de Laura.

—¿Qué pasa? ¿Por qué no paras de escribirte con Ester?

—No es a ella.

—Sí es a ella. Me he fijado. Todos los mensajes son a ella. ¿Qué sucede?

Resoplé. Disimuladamente, nos apartamos un poco del resto del grupo y le conté al oído que Ester había ido al concierto con Sam, un tipo poco fiable, que ahora se estaba propasando con ella.

—¿Y por qué no me lo has dicho antes?

—Porque era un tema entre Ester y yo. No podía contártelo.

—Y tampoco me podías contar lo del no embarazo de Valeria. Porque era un tema entre Valeria y tú. ¿No?

—Lo siento. Pero es así.

—¿Todavía no confías en mí?

—¡Claro que confío! —grité, sin pensar en que podía molestar a las chicas del grupo de al lado, que estaban entusiasmadas con Auryn.

Una de ellas me pidió silencio y otra me insultó. Laura se encaró con ella y la amenazó si me volvía a hablar así.

—Déjala. Ha sido culpa mía.

—No cambies de tema. ¿Por qué no confías en mí?

—Confío en ti.

—No es lo que me has demostrado.

—¿Y tú? Tampoco tú me cuentas qué te pasa con tu hermana y por qué no quieres hablar de ella.

—Ese tema no tiene importancia.

—La tiene. Es tu hermana. Y te afecta.

—¡No me afecta! ¡Mi hermana me importa una mierda!

Tanto mis amigos como las chicas de al lado se giraron para mirar a Laura, que había gritado en exceso. La mayor del grupo se puso frente a ella, desafiante, cara a cara.

—¿A ti qué te pasa?

—Nada. ¿Y a ti? —replicó Laura.

—Éste no es sitio para tipas como tú. Si quieres pelearte con tu novia o lo que sea, vete a tu casa. ¡Déjennos ver el concierto tranquilas, zorra!

—¿Cómo me has llamado?

—Zo-rra —repitió la chica, separando las sílabas al hablar.

No me dio tiempo a detenerla. Quizá me faltaron reflejos porque se veía venir. Laura se tiró encima de aquella chica y la agarró de la coleta. Ésta gritó como si le hubieran arrancado la melena de raíz y respondió de la misma manera. Las dos se tenían agarradas del pelo y comenzaron a lanzarse patadas que no lograban impactar en la otra. Se formó un círculo alrededor de las dos, que prestaba más atención a la pelea de chicas que a los chicos de Auryn. Sin embargo, aquello no duró mucho. Los de seguridad llegaron inmediatamente y sacaron a rastras a las dos del Palacio de los Deportes. Me fui detrás de ellos y les pedí a mis amigos que siguieran viendo el concierto, que yo me ocuparía de aquello. Era lo más justo, ya que Laura venía conmigo.

Dos de las chicas del grupo que se había peleado con Laura también acompañaron a su amiga. Ya fuera, les pedí que se alejaran lo máximo posible para evitar males mayores. Éstas me hicieron caso y se fueron a otra zona de los alrededores del pabellón.

Nosotras dos nos sentamos en el suelo, apoyando la espalda en la pared.

—Perdiste la cabeza. ¿Por qué hiciste eso? —le pregunté intentando no ofenderla.

—Perdona. Esa tipa me ha sacado de mis casillas.

—No. He sido yo la que lo ha hecho. Estabas rabiosa conmigo y lo has pagado con esa chica.

—Me ha insultado.

—A mí también. Y no le he estirado del pelo como si le quisiera arrancar la cabeza.

Laura sonrió débilmente, aunque se le notaba que estaba empezando a arrepentirse de lo que había hecho.

—Deberías haberme dicho lo de Ester y lo de Valeria.

—Era una cosa entre ellas y yo. No podía.

—Eso es que no cuentas conmigo para las cosas importantes.

—Sabes que no es verdad. Además, tú tampoco quieres explicarme lo que te pasa con tu hermana —repetí arriesgándome a una mala reacción—. Lo mío ya no tiene solución, pero lo tuyo aún puede arreglarse.

—Tú también eres insistente cuando quieres, ojos bonitos. No latosa, insistente.

Para mi sorpresa recuperó su expresión amable y aquella sonrisa maravillosa. La que durante esa semana había mantenido conmigo casi todo el tiempo. Me acarició el pelo y luego me besó en los labios. La gente que pasaba por delante se nos quedaba mirando. Pero en aquel momento me daba lo mismo.

Incluso no me importaba perderme a Pablo Albo-rán, que acababa de salir al escenario a cantar por sorpresa.

—¿Quieres que te cuente lo que pasó con Sara? —me preguntó varios minutos después.

—Sólo si tú quieres contármelo.

—Es una historia larga. En la que tú también es-tás relacionada.

—¿Yo? ¿Cómo?

—Déjame que empiece por el principio, ¿ok?

Asentí con la cabeza y escuché en silencio lo que Laura tenía que decirme.

—Todo comenzó hace unos meses. Aunque no te lo haya dicho hasta ahora, hace poco que descu-brí que me gustaban las chicas. Sin embargo, me ne-gaba a creer que era lesbiana. Había salido con va-rios chicos, me había acostado con alguno y nunca habría imaginado que mi condición sexual era dis-tinta a la que se considera clásica. Fue tal mi distrac-ción por este asunto y mis dudas que ni siquiera pude concentrarme en los exámenes del tercer tri-mestre de segundo de bachillerato. Y reprobé casi todas, como bien sabes. Quizá aquello sólo fue una excusa a mi mal año y no la causa principal de mi desatención en clase. Pero aquel debate conmigo misma me llevó a replantearme todo. Mis sensacio-nes habían cambiado de repente.

»Mi familia es muy tradicional y confesarle que era homosexual no iba a ser fácil. Tenía que estar muy segura antes de dar ese paso adelante. Pero seguía sin tenerlo claro, porque sólo sentía atracción por algunas chicas, nunca me había enamorado de ninguna.

»Entonces sucedió algo que cambió mi vida. El día antes de conocerte me quedé a solas con el novio de mi hermana, el actor, en su departamento. No llevaban viviendo juntos ni cuatro meses. Yo había ido a visitarlos unos días antes de comenzar las clases, ya que mi hermana no había pisado Madrid en todo el verano. Nunca me he llevado bien con Sara. Ella es una matada, una chica que vive para estudiar y que me ha tratado mal muchas veces, menospreciándome y recordándome que era mejor que yo en todo. Aun así, es mi hermana y la quiero. Te prometo, Meri, que la quiero de verdad. Pero aquel día, no sé si porque su novio me echó los perros o porque yo quería descubrir qué sentía al acostarme con un chico, terminamos en su cama. Se suponía que Sara no debía llegar tan pronto... y nos cachó.

Mi cara de estupor debía de describir cómo me sentía en ese instante. Laura se había acostado con el novio de su hermana para saber si le gustaban los hombres o no, el día antes de conocerme en el tren. ¡Vaya historia!

Pero, por lo visto, no terminaba ahí la cosa. Había bastante más oculto en ella.

—Evidentemente, mi hermana cortó con aquel tipo y tuvimos una discusión muy fuerte en la que dijo que no me iba a hablar más en la vida. Algo que cumplió hasta ayer. Yo regresé a Madrid, sintiéndome fatal, hasta que te vi. Corrías como una loca con tu padre para no perder el tren. Me hizo gracia, porque aún tenían tiempo de sobra. De hecho, llegué más tarde que tú al tren y subí sin problemas.

»Me gustaste desde el primer segundo en el que te vi. ¡Fue un flechazo! ¡Imagina mi sorpresa cuando descubrí que íbamos también en el mismo asiento! Creo que fui un poco antipática contigo ese día. Pero me comportaba así porque estaba nerviosa, inquieta, sintiendo algo que nunca había sentido hasta ese instante. Me gustaba una chica. Comprendí que, realmente, era homosexual. Y no era nada malo, sino que estaba feliz de verte, de mirarte y de sentir algo por ti. Me enamoré de tus ojos, tus preciosos ojos. Era la primera vez que eso me sucedía con alguien de mi propio sexo. Fue una descarga tremenda de adrenalina que no podía ni controlar. Tú eras esa luz que necesitaba.

»Sin embargo, lo que terminó de indicarme que nuestro encuentro era una señal del destino, el principio de una historia, fue cuando descubrí que tú también eras lesbiana. Los mensajitos de WhatsApp de Paloma, los corazoncitos en los apuntes... Aquello no era normal. ¡Debía significar algo! ¡Tenía que estar escrito en alguna parte que tú y yo debíamos conocernos más y terminar juntas!

Lo narraba con tanta pasión que me estaba emocionando. Aquella chica se enamoró de mí desde la primera vez que nos vimos. Era una historia increíble, que continuó relatándome.

—En el tren pude conocerte un poco más y, posteriormente, en el autobús que nos recogió después de que se averiara el tren. Ahí certifiqué lo que pensaba. Había tenido un flechazo contigo. Intenté llamar tu atención. Incluso cambié el sexo de mi última pareja, diciéndote que me había pasado algo parecido, a lo que te sucedía a ti con Paloma, con mi última novia. ¡Nunca había salido con ninguna chica! Siento haberte mentido en ese momento y después, más adelante. No quería engañarte más, pero si me cachabas esa mentira, igual dejabas de confiar en mí.

»Sabía que cuando el autobús llegara a Madrid, nuestros caminos se separarían para siempre. ¡Y no estaba dispuesta! Al menos, si sabías que era lesbiana, igual también te enamorabas de mí.

—Pero ¿cómo conseguiste localizarme luego? —le pregunté impresionada por todo lo que me estaba contando—. No tenías ni mi teléfono celular.

—Pero sabía a qué escuela ibas por tus apuntes de Filosofía y el sello de la escuela. Fue fácil encontrarte. De hecho, te espié el día que hiciste el examen de recuperación.

—¿Qué? ¿Me espiaste?

—Lo siento. Tenía que asegurarme de que ésa realmente era la escuela a la que ibas para poder inscribirme en ella.

Finalmente, no fue una simple casualidad. Lo había preparado todo para coincidir conmigo en segundo de bachillerato. Hasta estuvo allí el día del examen de Filosofía.

—Es increíble —dije estupefacta.

—¿Estás enfadada?

—No sé cómo estoy.

—No pienses que estoy loca. Bueno, realmente, estoy loca por ti. Me he llegado a obsesionar contigo. Pero es porque nunca había sentido algo tan fuerte, ni por una chica, ni por un chico.

Sus palabras y cómo me estaba mirando... hicieron que me estremeciera. Yo también estaba empezando a sentir algo tan fuerte como lo que Laura había descrito. Era amor de verdad, amor sincero.

No le dije nada más, ni permití que siguiera hablando. Seguramente, tendría más secretos ocultos que revelar. Me incliné sobre ella y le di un beso. Un beso de pareja enamorada. Una lágrima se derramó por su cara. Era la primera vez que la veía llorar.

Permanecimos abrazadas y sentadas en el suelo hasta que terminó el concierto. No sólo nos perdimos a Pablo Alborán, sino también a The Wanted, que fueron los que cerraron la velada musical. Pero nos daba lo mismo. Nuestro final de concierto fue el mejor de todos los finales.

Vimos cómo la gente salía del pabellón. Muchos se paraban delante de nosotras y nos examinaban como si fuéramos dos monos de feria. Sin embargo, las dos nos sentíamos orgullosas de ser lo que éramos.

Por fin, aparecieron nuestros amigos. Se acercaron a nosotras, aunque no estaban todos. Faltaba Bruno. Cuando le pregunté a Alba por él, me señaló con rostro de resignación hacia la puerta del Palacio de los Deportes: un chico no muy alto con una sudadera roja estaba besando en la boca a una chica con el flequillo en forma de cortinilla.

Por fin, había llegado esa oportunidad.

5 de octubre

Por mucho que queramos disfrazarlo, ocultarlo, evitar hablar de él..., el amor es lo más importante que existe en el universo. Y los jóvenes lo vivimos con más intensidad, con más pasión y con más ansiedad que el resto del mundo.

No lo pienso sólo ahora, que estoy enamorada y soy correspondida. Lo he pensado siempre, aunque no siempre lo haya reconocido.

Algunos jóvenes se enamoran en secreto y les cuesta dar el paso definitivo. Otros disfrutan de una relación que nos parece que será para siempre. Hay adolescentes que no encuentran a su media naranja y prueban otras hasta que dan con la definitiva. Incluso, muchos chicos discuten y rivalizan con otros chicos por el mismo amor.

De lo que estoy segura es de que hay una persona destinada para cada uno de nosotros.

Y no nos debemos conformar con sentir a medias o gustar. Debemos buscar a la persona que nos quiera de verdad y por la que nosotros daríamos la vida.

Tal vez, para eso, haya que llevarse algún chasco y so-

brevivir a varios naufragios. Pero a lo mejor ese que rema hacia ti y que te lanza el salvavidas para salir a flote es justo la persona a la que tanto estabas esperando.

Si hay algo que lleva consigo el amor es improvisación. En todos sus aspectos. No eliges de quién te enamoras. Ni puedes elegir que alguien se enamore de ti. Cuando descubres que algo falla o que algo no está en su sitio, hay que improvisar también. E improvisas cuando el beso es diferente al que esperabas o su voz interior es diferente a lo que dice con la boca.

El amor no envejece, eres tú el que se hace mayor. El amor no discute, eres tú el que le lleva la contraria. El amor no se pierde, eres tú el que no encuentra el camino. El amor no tropieza, eres tú el que pone obstáculos.

Confía en tu corazón cuando pienses con la cabeza. Enamórate sin miedo, sin trabas. Enamórate regalándote una oportunidad de querer a alguien. Porque, en cuestiones de oportunidades y de amor, tú eres el único que realmente sabe lo que quiere.

Piénsalo.

EPÍLOGO

Pasaron los meses y regresó junio a nuestras vidas. El Mundial de Futbol en Brasil por jugar, nuevos capítulos de *Pequeñas mentirosas* por ver, *Ocho apellidos vascos* arrasando en las taquillas... y el examen de selectividad a la vuelta de la esquina.

Sin embargo, para nosotros, junio tenía otro significado. Aquél era un mes especial.

—¿Va a venir Paloma? —me preguntó Raúl, mientras repasaba los últimos detalles.

—Creo que sí. O eso fue lo que me dijo hace un rato por teléfono.

—Bien, esperamos un poco entonces.

Mi amigo me dio un golpecito suave en el hombro y una palmadita en la cabeza. Luego se acercó a Wendy y le comentó algo en voz baja. Los dos se sonrieron cariñosamente.

—¿Quieres algo de beber, Meri? —me preguntó Valeria colocando su mano sobre mi hombro.

—¿Un refresco de naranja puede ser?

—Claro. Espera.

Mi hermanastra pasó detrás de la barra, sacó una Fanta del refrigerador y un vaso y me la trajo.

—Muchas gracias, Val —dije cuando me la entregó y me serví.

—Han venido todos menos Paloma —señaló echando un vistazo a su alrededor—. No falta nadie.

—Paloma viene ahora.

—Qué bien. Así estaremos todos.

—La ocasión lo merece, ¿no crees?

—Sí. Hoy es un día especial.

Le di un beso a Valeria y ésta se alejó hasta donde Raúl y Wendy Minnesota conversaban. Se agarró al cuello de su novio y le plantó un gran beso. Para ellos dos todo seguía igual desde hacía más de año y medio. Una pareja asentada, que había vencido a todo lo que se había cruzado en su camino. En unos meses les esperaba una nueva prueba: la de la distancia. Cada uno estudiaría en ciudades diferentes y deberían afrontarlo. Pero eso era adelantar demasiado los acontecimientos. Nos faltaba el examen de selectividad y varios meses de verano por delante.

Caminé dando pasos cortitos por la cafetería Constanza, con la Fanta de naranja en la mano, mojándome los labios y bebiendo tragos pequeños. Eran algo más de las diez de la noche de aquel sábado de junio. Me detuve frente a la gran pantalla de plasma que todavía estaba en negro. Mara había acertado comprando aquella televisión. Era enorme. La mujer de mi padre fue muy amable cerrando el local sólo para nosotros aquella noche. La ocasión lo merecía.

—Te va a encantar —me dijo a la espalda una vocecilla. Cuando me giré vi a Alba.

—Lo sé.

—Ha mejorado mucho. Hay una gran diferencia entre este y el corto del año pasado. Y eso que *Sugus* era muy bueno.

—¿Crees que debería presentarlo a algún certamen?

—No. Desde el principio Raúl nos explicó que este corto sólo era para nosotros.

—Me parece perfecto. Y seguro que tú estás increíble.

—¡Eso dice mi novio! —exclamó, y miró a un chico bajito lleno de pecas que ya había elegido sitio.

Me alegraba muchísimo que Alba hubiera encontrado a alguien que le correspondiera y la hiciera feliz. No era el más guapo del mundo, ni el más extrovertido. Pero Galo era un buen chico.

—¿De qué hablan, chicas?

—De nada que te importe, Bruno —protestó ella haciendo aspavientos con las manos—. ¿Por qué siempre te tienes que meter en las conversaciones de los demás?

—Porque soy así.

—Bah. Me caes mal. Me voy con mi chico, que ha encontrado sitio en primera fila.

Los dos la seguimos con la mirada y vimos cómo se daba un beso con Galo antes de sentarse a su lado. Que por fin Alba hubiera superado lo suyo con Bruno dio tranquilidad al grupo tras unos meses complicados repletos de indirectas hacia él y Ester. Finalmente, aceptó que los dos salieran juntos. Aunque después de Navidad Ester y Bruno rompieron.

—¡Quiero una Fanta de naranja como ésa! —gritó una morenaza vestida completamente de blanco, muy elegante.

—A mí me la ha dado Valeria.

—¿Y no puedes pedir una para mí, ojos bonitos? —preguntó Laura haciendo ojitos—. Debes tratar bien a una de las protagonistas de la película.

Le di un beso antes de que siguiera diciendo tonterías y fui por un refresco para ella. Lo que tenía con Laura no sólo se había consolidado, sino que cada mes hacíamos una lista nueva de tentaciones. Cada vez más arriesgada.

Aquella chica me había transformado. Me veía con más confianza en mí misma, con más ganas de vivir. Seguía siendo Meri, la reservada, reflexiva y tímida pelirroja de puertas para fuera. Pero en nuestro propio espacio era capaz de cualquier cosa. Y eso me gustaba porque me hacía avanzar y crecer como persona y como pareja.

Mientras estaba buscando una Fanta para mi novia, llamaron a la puerta de la cafetería. Fue Ester la que abrió y recibió a Paloma. Me fijé en ella y tenía buen aspecto. Hacía varios meses que parecía recuperada. Aun así, cada quince días acudía al psicólogo. Sus padres no iban a permitir que volviera a autolesionarse. Ellos aceptaron completamente su homosexualidad y pasaban mucho más tiempo con su hija, a la que trataban con mayor cariño y respeto que anteriormente.

Nuestra relación era buena. Aceptablemente buena. Intenté ayudarla en todo lo que pude, pero cuando supo lo de Laura prefirió alejarse un poquito para buscar su espacio. Hasta cambió de escuela de nuevo. Con el paso del tiempo, volvimos a hablar y a llamarnos. Hoy en día éramos amigas. Simplemente, buenas amigas.

Bruno corrió hasta ella y le dio un abrazo enorme. Luego, le dio un pico a Ester en la boca y los tres tomaron asiento en la segunda fila.

Sí, después de darse una oportunidad y romper la relación después de Navidad, Bruno y Ester hacía dos meses que salían juntos. Aquella historia podía cambiar cualquier día de nuevo. Y ellos mismos lo sabían a pesar de que ambos reconocían que no podían vivir el uno sin el otro.

Laura y yo fuimos las últimas en tomar asiento en la tercera fila de sillas junto a Valeria. Raúl y Wendy se colocaron delante de nosotros y presentaron el corto *Nunca te olvidaré*.

—Muchas gracias a todos por venir. Es un placer compartir con ustedes este momento —indicó Raúl, muy serio, pero satisfecho—. Quería darles las gracias, en especial, a Alba y a Laura, dos de nuestras actrices, que se lucieron. También le doy las gracias a Michelle, que no ha podido venir porque está en el estreno de una película en México Distrito Federal. Ella ha hecho que este corto sea mejor de lo que nunca hubiera imaginado que pudiera ser. Y gracias, además, al resto del reparto y al equipo de rodaje. Sobre todo a la pequeña Elena, que estoy convencido de que será una gran actriz en el futuro, y a Wendy, que me ha ayudado muchísimo en la dirección, grabación y producción de *Nunca te olvidaré*. Muchas gracias, amiga.

Y sin más... comenzamos.

Wendy Minnesota fue la que se acercó a la computadora y oprimió *play*. En la enorme pantalla de Constanza comenzó a verse el corto en el que Raúl llevaba trabajando todos esos meses.

Creo que en los ocho minutos y medio que duró la película, ninguno de nosotros pudo aguantar las lágrimas. Valeria, a mi lado, me agarró de la mano y la apretó con fuerza, mientras sus lágrimas caían sobre sus rodillas.

Fue realmente emocionante.

En cuanto terminó el corto y Raúl encendió las luces, todos nos levantamos y aplaudimos. Lo había conseguido. Había conseguido realizar el homenaje que nos prometió.

—¿Quieren comentar algo? ¿Alguna pregunta?

Laura levantó la mano y mi amigo le dio la palabra.

—Gracias por dejarme participar en este homenaje tan bonito desde dentro, como una de las actrices. Y aunque yo no viví como ustedes aquellos días, me siento como si lo hubiera hecho. Meri me ha contado muchas cosas, pero gracias a lo que has creado, sólo me voy a quedar con lo bueno.

Raúl le dio las gracias a Laura por sus palabras, emocionado. Y preguntó si alguien más quería decir alguna cosa. Levanté la mano y me puse de pie.

—Enhorabuena, te felicito con el corazón encogido, Raúl. Tienes un talento enorme y me encanta que hayas sabido hacer esto como lo has hecho. Y mi pregunta..., conociéndote, creo haberlo entendido todo más o menos. Pero ¿podrías explicar qué has querido representar exactamente con la escena del avión? Me gustaría saber si lo que pienso es correcto.

—Claro, Meri, y gracias por tus palabras. Me alegro de que te haya gustado.

Raúl tragó saliva y se aclaró la garganta. Se le notaba nervioso, casi tanto como por la mañana en el cementerio. Los cinco Incomprendidos originales habíamos ido a llevar flores a la tumba de Elísabet. Hacía justo un año que había muerto en aquella estación de metro. Había pasado mucho tiempo, pero aún la sentíamos cerca. No a la Eli de los últimos tiempos, que tanto daño nos había hecho como consecuencia de su enfermedad, sino a nuestra amiga. A la preciosa chica que sonreía a cada minuto y que nos llenaba de felicidad con su personalidad extrovertida. A la Eli incomprendida es a la que extrañábamos y la que seguía presente en nuestras vidas.

Raúl había querido rendirle un homenaje en forma de corto en el primer aniversario de su muerte. Una idea que no nos contó hasta que no terminó de escribir el guion y que a todos los del grupo nos encantó.

—Verás. Todo lo que aparece en esa escena tiene un motivo y representa algo en particular. La azafata es la realidad, esa que perdió Eli cuando enfermó y que quería recuperar para ella. El avión es el viaje simbólico que hizo cuando murió. Un viaje a un lugar mejor donde se ha recuperado y es de nuevo feliz. En el corto, ella no muere, se salva y se quita a tiempo de las vías. Algo que ya sabemos que no sucedió.

—¿Y la niña? ¿Alicia? —volví a preguntarle.

—Alicia, que tan bien representa la pequeña Elena, es su yo inocente. La niña que ella fue. Creo que la Alicia que veía desde pequeña, debido a su enfermedad, era una recreación de sí misma que le hacía comportarse mal con los demás. En el corto quería darle la vuelta a eso y que Alicia fuera buena. Una especie de ángel que la acompaña en su viaje.

—¿Los muñequitos somos nosotros?

—Sí. Somos todos nosotros. Fuimos su familia

durante muchos años y quise incluirnos como parte de su viaje. Debíamos aparecer de alguna manera en el corto.

Aquella escena era la alegoría perfecta. Una suma de símbolos relacionados con la vida de Eli, la Eli incomprendida. La Eli que nos había dejado hacía un año y que había quedado en nuestros corazones. La Elísabet que ya no estaría más con nosotros, pero que había forjado un recuerdo inolvidable.

Como el recuerdo de aquel club de chicos Incomprendidos... Un recuerdo imposible de olvidar por ninguno de nosotros.

Nota de autor

Con *Tengo un secreto: el diario de Meri,* doy por concluida una historia que ha cambiado mi vida y que tantas cosas buenas me ha aportado. Muchas gracias a todos los que han participado en ella y que se sienten parte de este Club de Incomprendidos. Nos seguimos viendo en las redes sociales y los espero en mi próximo proyecto.

BLUE JEANS

¡BUENOS DÍAS, PRINCESA!

Planeta

BLUE JEANS

NO SONRÍAS QUE ME ENAMORO

BLUE JEANS

¿PUEDO SOÑAR CONTIGO?

Planeta

BLUE JEANS

EL CLUB DE LOS INCOMPRENDIDOS

Comencé a escribir en Fotolog el 3 de junio de 2008.
El primer capítulo lo comentaron cuatro personas,
y jamás pensé que llegaría a publicarse.
Ese verano estuve a punto de dejar de escribir;
sin embargo, gracias a todo el apoyo que recibí
en Internet, seguí adelante.
Todo te puede pasar a ti.
Nunca dejes de perseguir tus sueños.